D1204270

LES PRIX ARTHUR-ELLIS -2

ONZE NOUVELLES POLICIÈRES,
NOIRES ET MYSTÉRIEUSES
(2000-2010)

LES PRIX
ARTHUR-ELLIS -2
ONZE NOUVELLES POLICIÈRES,
NOIRES ET MYSTÉRIEUSES
(2000-2010)

Une anthologie présentée par
PETER SELLERS

et traduite de l'anglais par
ÉLISABETH VONARBURG

ALIRE

Illustration de couverture : BERNARD DUCHESNE

Distributeurs exclusifs :

Canada et États-Unis :
Messageries ADP
2315, rue de la Province
Longueuil (Québec) Canada
J4G 1G4
Téléphone : 450-640-1237
Télécopieur : 450-674-6237

France et autres pays :
Interforum editis
Immeuble Paryseine
3, Allée de la Seine, 94854 Ivry Cedex
Tél. : 33 (0) 4 49 59 11 56/91
Télécopieur : 33 (0) 1 49 59 11 33
Service commande France Métropolitaine
Tél. : 33 (0) 2 38 32 71 00
Télécopieur : 33 (0) 2 38 32 71 28
Service commandes Export-DOM-TOM
Télécopieur : 33 (0) 2 38 32 78 86
Internet : www.interforum.fr
Courriel : cdes-export@interforum.fr

Suisse :
Interforum editis Suisse
Case postale 69 – CH 1701 Fribourg – Suisse
Téléphone : 41 (0) 26 460 80 60
Télécopieur : 41 (0) 26 460 80 68
Internet : www.interforumsuisse.ch
Courriel : office@interforumsuisse.ch
Distributeur : OLS S.A.
ZI. 3, Corminboeuf
Case postale 1061 – CH 1701 Fribourg – Suisse
Commandes :
Tél. : 41 (0) 26 467 53 33
Télécopieur : 41 (0) 26 467 55 66
Internet : www.olf.ch
Courriel : information@olf.ch

Belgique et Luxembourg :
Interforum Benelux S.A.
Fond Jean-Pâques, 6, B-1348 Louvain-La-Neuve
Tél. : 00 32 10 42 03 20
Télécopieur : 00 32 10 41 20 24
Internet : www.interforum.be
Courriel : info@interforum.be

Pour toute information supplémentaire
LES ÉDITIONS ALIRE INC.
C. P. 67, Succ. B, Québec (Qc) Canada G1K 7A1
Tél. : 418-835-4441   Fax : 418-838-4443
Courriel : info@alire.com
Internet : www.alire.com

Les Éditions Alire inc. bénéficient des programmes d'aide à l'édition de la Société de développement des entreprises culturelles du Québec (SODEC), du Conseil des Arts du Canada (CAC) et
reconnaissent l'aide financière du gouvernement du Canada par l'entremise du Programme
d'aide au développement de l'industrie de l'édition (PADIÉ) pour leurs activités d'édition. Nous
remercions également le gouvernement du Canada de son soutien financier pour nos activités de
traduction dans le cadre du Programme national de traduction pour l'édition du livre.

Gouvernement du Québec – Programme de crédit d'impôt pour l'édition de livres – Gestion
Sodec.

Dépôt légal : 3ᵉ trimestre 2010
Bibliothèque nationale du Québec
Bibliothèque nationale du Canada

TABLE DES MATIÈRES

INTRODUCTION

Les lauréats
du prix Arthur-Ellis

Volume 2

Commettre un crime parfait ne prend pas grand-chose. On peut fort bien y parvenir en aussi peu que trois mille mots. C'est la longueur de la plus courte des histoires contenues dans le livre que vous tenez entre vos mains : trois mille mots choisis avec soin. Assez pour convaincre un jury de professionnels qualifiés du genre que votre texte est la meilleure histoire policière produite par un Canadien dans l'année écoulée.

Bienvenue dans le deuxième volume de la série d'anthologies publiée par Alire en l'honneur des gagnants du prix Arthur Ellis de la meilleure nouvelle, décerné annuellement par la Canadian Crime Writers Association.

On voit clairement comme le paysage de la nouvelle policière a changé dans les deux dernières décennies si l'on examine le lieu de publication des nouvelles gagnantes. En 1988, lorsqu'on a présenté le prix pour la première fois, les candidats avaient été recrutés dans les deux magazines américains survivants, *Ellery Queen Mystery Magazine* et *Alfred Hitchock's Mystery Magazine* (tous deux toujours en bonne santé, dieu merci), et dans *Cold Blood : Murder in Canada*, le premier volume de l'unique collection canadienne de collectifs de nouvelles du genre, à l'époque.

À l'aube de l'an 2000, des changements importants avaient déjà eu lieu. D'autres petits éditeurs (Insomniac, Akashic, RendezVous, Simon & Pierre) publiaient ou avaient publié leurs propres collectifs, offrant un nouveau foyer à des textes inédits canadiens. Des éditeurs américains importants comme Forge et Berkley incluaient des auteurs canadiens dans leurs collections à haute visibilité. Les journaux eux-mêmes avaient emboîté le pas, en grande partie grâce aux six années de publication de *Summer Mystery Series* par la chaîne de journaux Osprey (plus tard Sun Media), une série créée et dirigée par Therese Greenwood et Jake Doherty.

Les amateurs de nouvelles ont évidemment bénéficié de la multiplication de ces sources de mystères et de suspenses, mais aussi les auteurs, dont les œuvres pouvaient désormais atteindre des lectorats nouveaux et plus étendus – tout en leur permettant de gagner un peu mieux leur vie.

Au Québec, c'est le magazine trimestriel *Alibis*, une publication des éditions Alire, qui mène l'avant-garde du crime en nouvelle. C'est aussi Alire qui publie la présente série. *Alibis* accueille le meilleur de la fiction policière, en français comme en traduction, et peut se targuer d'un auditoire international et d'un large succès critique.

Les onze dernières années écoulées ont apporté une moisson de lauréats hautement estimés, comme Gregory Ward, Rick Mofina, Leslie Watts et le regretté Dennis Richard Murphy, qui ont tous deux gagné l'Arthur à deux reprises. Les premières années du nouveau millénaire ont également vu Peter Robinson et Mary Jane Maffini revenir remporter le prix. Et le légendaire James Powell, dans la cinquième décennie de son illustre carrière, l'auteur le plus fréquemment finaliste de l'histoire des Arthur-Ellis, s'est vu décerner une statuette bien méritée pour sa treizième mise en nomination. (Depuis, Jim a été trois fois de plus finaliste.)

Cette nouvelle vague d'auteurs est la dernière évolution en date de la renaissance de la fiction policière qui a commencé à la fin des années soixante-dix et au début des années quatre-vingt. Cet épanouissement n'était lui-même que le chapitre le plus récent d'une histoire qui commence il y a plus d'un siècle lorsque le patriarche incontesté de la fiction policière canadienne, Grant Allan, a introduit son illustre anti-héros, le colonel Clay. Clay était un protagoniste vraiment original, un filou impénitent qui siphonnait de l'argent au milliardaire Charles Vandrift grâce à des manigances élaborées, et dont on peut trouver l'écho dans des figures littéraires subséquentes comme le A. J. Raffles de E. W. Hornung et Arsène Lupin, le gentleman cambrioleur de Maurice Leblanc.

Dans le sillage d'Allan se sont inscrits de nombreux auteurs de premier plan, comme Robert Barr, Hulbert Footner, R. T. M. Scott (père et fils), et la lauréate d'un Arthur, Margaret Miller. L'exploration des œuvres de ces précurseurs est une entreprise qui en vaut la peine. En attendant, toutefois, vous pouvez goûter avec plaisir au riche échantillon de fiction policière canadienne offert ici. Si vous ne l'avez déjà fait, lisez aussi le volume précédent. Après tout, il s'écoulera au moins une décennie avant le prochain.

Peter SELLERS

Peter Sellers est né en 1956 à Toronto. Nouvelliste de talent, il a publié des textes dans les plus prestigieuses revues anglo-saxonnes. Mais Sellers est aussi un anthologiste de renom (il a plus d'une douzaine de collectifs et d'anthologies à son actif) qui a reçu en 1992 le prix Derrick-Murdoch pour la création de sa célèbre série d'anthologies *Cold Blood*, un modèle du genre dans le monde anglo-saxon. Peter Sellers a été deux fois président de l'association des *Crime Writers of Canada*.

Scott Chalmers

Prix Arthur-Ellis 2000

Une dernière mise à mort

Matt Hughes

« Et combien de gens diriez-vous que vous avez tués ? » m'a demandé le docteur Anselm.

Ma première réaction a été de répondre : « Je ne le dirais pas. Je ne parle pas de ce genre de choses. »

Il s'est penché pour prendre le carafon et m'a versé une autre rasade. C'était la sorte de bourbon que même les meilleurs magasins de spiritueux gardent sur leur plus haute étagère, moelleux et sombre comme le cuir des fauteuils dans lesquels nous étions assis, et aussi doux que le tapis persan qui recouvrait le plancher du cabinet du médecin. Les lampes aux abat-jour de parchemin filtraient doucement la lumière.

« Joli bureau », ai-je dit pour changer de sujet.

« Mon territoire privé, a précisé Anselm. Mon épouse a décoré le reste de la maison. »

Je n'avais pas rencontré la femme du docteur, mais j'avais compris que ses goûts primaient dans toute leur grande demeure, à l'exception de la tanière d'Anselm. Je n'avais vu jusqu'à présent que la spacieuse entrée et un court corridor qui menait au bureau : madame Anselm préférait plutôt les rampes de spots, les murs en marbre rose et les sols de dalles sombres. Ces dalles étaient interrompues par des tapis monochromes aux dessins sévèrement géométriques, les murs par des niches arborant d'anguleuses sculptures de bronze, toutes en triangles et en supports minces qui auraient pu avoir été créés par de talentueux insectes sociaux. Le repaire du docteur datait d'un autre siècle : étagères d'acajou et livres reliés plein cuir, avec un buffet sculpté où se trouvaient exposés des instruments médicaux anciens.

J'ai siroté une autre gorgée de bourbon. « Devrais-je boire ainsi ? ai-je demandé. Je veux dire, dans ma condition…

— Cela ne fera aucune différence, a-t-il déclaré sans ménagement.

— Vous avez raison, je suppose. » J'ai renversé la tête en arrière et j'ai vidé le verre d'un trait.

Même lorsqu'on sait que la vie a l'intention de vous tirer un jour le tapis sous les pieds, c'est un choc de se rendre compte que "un jour" est devenu *aujourd'hui*. Je savais depuis huit ans que je souffrais d'une variété latente de leucémie qui finirait par devenir patente et me tuerait rapidement.

Deux semaines plus tôt, après avoir examiné mes analyses sanguines mensuelles, mon médecin de famille m'avait envoyé consulter Anselm. Le spécialiste avait prélevé au bout d'un de mes doigts une gouttelette rouge, l'avait étalée sur une plaque de verre et s'était penché sur un microscope illuminé par le soleil d'avril qui inondait son bureau. Debout près de lui, je regardais Central Park, dix étages plus bas. Il y avait des enfants sur les équipements du terrain de jeu et des barques sur le lac.

« D'après votre dossier, vous êtes un soldat professionnel », avait dit Anselm sans lever les yeux de son instrument.

« J'ai obtenu le rang de major dans les Rangers, jusqu'à ce que cette leucémie soit diagnostiquée. Depuis 91, je dirige une petite agence de voyages. »

Il s'était redressé pour m'observer. « Dans ce cas, je vous dirai les choses telles qu'elles sont.

— J'en ai pour combien de temps ?

— Je ne peux pas vous indiquer exactement le jour, ni même le mois. Tout ce que je peux vous donner, c'est un "au moins" et un "au plus".

— D'accord.

— Au moins deux mois, au plus cinq. »

Alors voilà, c'était ça. À un moment quelconque dans les deux à cinq prochains mois, mon niveau de globules rouges allait diminuer de façon drastique et permanente, et je plongerais avec lui dans l'oubli éternel.

« Y a-t-il quelque chose à faire ? Je veux dire pour que ce soit plus vraisemblablement cinq mois que deux ?

— Rien d'autre que les évidences, a-t-il répondu. Ne vous saoulez pas à mort et ne jouez pas au bras de fer avec un camion dix tonnes. »

◆

J'ai mangé à midi dans un petit restaurant aux environs de la 55e Avenue, puis j'ai appelé au bureau pour dire que je prenais le reste de la journée. J'ai remonté Central Park Ouest jusqu'au Musée d'histoire naturelle et je suis allé contempler les dinosaures.

« Dans pas longtemps, toi et moi allons avoir quelque chose en commun », ai-je dit au T. Rex. Histoire d'essayer, de voir si cela déclenchait quelque chose en moi, une réaction quelconque. Mais rien : je n'étais pas furieux, je n'étais pas triste, je n'avais pas peur.

Ce doit être le choc, me suis-je dit. Un ou deux jours, le temps de réaliser, et alors on verra.

Deux jours plus tard, une vague d'émotion m'a bel et bien envahi, mais le stimulus venait de l'extérieur. Mon assistante a passé la tête dans mon cubicule pour me dire qu'il y avait un docteur Anselm sur la ligne deux.

C'est alors que cela m'a frappé, tandis que je regardais clignoter la lumière du téléphone. Chaque fois qu'elle s'allumait, une nouvelle idée me traversait la cervelle : *il a fait une erreur, je ne vais pas mourir ; non, c'est pire, j'ai seulement quelques semaines à vivre ; et s'il y avait un nouveau traitement, peut-être même une cure ? Ou bien il veut seulement me mettre dans un groupe de patients qui servent de cobayes.*

Et dans la gare de triage mentale, chaque pensée arrivait avec son petit wagon rempli d'émotions – espoir, désespoir, un élan d'optimisme, un affaissement résigné – jusqu'à ce que je décide de pousser le bouton d'arrêt rien que pour mettre fin à tous ces sursauts.

Les nouvelles d'Anselm n'en étaient pas. Il voulait savoir si j'accepterais d'aller chez lui prendre un verre. Il voulait me parler, un sujet non médical, comme il disait.

Et j'étais maintenant là, à Warren, dans le Connecticut, en train de boire un excellent bourbon dans le bureau bizarrement anachronique d'un hématologue, à me demander quand il en arriverait à son sujet non médical.

Il voulait encore savoir combien d'hommes j'avais tués. « Je ne le demande pas par simple curiosité morbide, m'a-t-il assuré.

— Je ne suis pas en mesure de le dire, ai-je fini par répondre. Ceux qui étaient assez proches, ça, je le sais. Beaucoup d'autres se trouvaient à deux cents mètres au fond de la jungle du Nicaragua, et nous avons fichu le camp de là au plus vite sans rapporter de souvenirs. Et tous les ennemis que j'ai vus dans l'opération Tempête du Désert étaient soit en pièces, soit en train de se rendre. »

Et c'était tout ce que j'allais dire. Je commençais à ne pas beaucoup aimer ce docteur. Il avait quelque chose d'à la fois onctueux et huileux. « Et alors, combien en avez-vous tué, vous ? » ai-je conclu.

Il a gardé une expression neutre tandis qu'il nous versait une nouvelle tournée d'alcool. « Regardez ceci », a-t-il dit.

C'était un dossier en papier kraft contenant des photocopies de coupures de journaux. Elles remontaient à plusieurs années et provenaient de coins différents du pays, mais elles avaient toutes un point commun : chaque extrait rapportait une mort violente.

J'en ai lu quelques-uns. Les phrases "la police est mystifiée" ou "aucune piste et aucun suspect" apparaissaient à plusieurs reprises. La plupart des victimes étaient censées être liées au crime organisé, y compris un avocat très en vue qui venait d'être acquitté d'une accusation de manipulation de jury lorsqu'un tireur non identifié s'était approché de lui dans son entrée pour lui faire sauter la cervelle, en éclaboussant le toit de sa BMW. Je me rappelais cette affaire, ainsi qu'une ou deux autres.

J'ai refermé le dossier en demandant : « Et alors ? »

Il m'a regardé par-dessus la monture de ses lunettes. « Alors, je mets à présent ma vie entre vos mains », a-t-il déclaré. S'il s'attendait à une réponse, je n'étais pas encore prêt à lui en donner une. Il ne m'était toujours pas très sympathique, et j'avais des sujets de réflexion plus importants que ses mises en scène d'amateur.

Il a posé son verre en tendant l'autre main pour prendre le dossier. « Tous ces gens sont des criminels qui ont causé des torts considérables et qui en auraient causé davantage. Ils se pensaient à l'abri de la justice – essentiellement grâce à l'argent ou à l'influence que l'argent peut acheter. »

J'ai attendu la suite.

« Eh bien, il se trouve qu'ils étaient seulement à l'abri de la loi. La justice leur est tombée dessus malgré tout.

— Et vous allez me dire que vous avez quelque chose à voir avec tout ça ?

— Un peu. Mais surtout par l'entremise de gens comme vous. »

Cela m'a pris au dépourvu. Je pensais qu'il allait dire qu'il avait joué les vengeurs masqués – les vieux feuilletons radio auraient été tout à fait dans le ton de son bureau –, mais il avait finalement dû se rendre compte de mon irritation grandissante, car il en est venu au fait avec une efficace célérité.

Depuis plusieurs années, il avait obtenu l'aide de patients en phase terminale, comme moi, pour tuer – exécuter, c'est le mot qu'il utilisait – des criminels qui avaient été en mesure de faire un pied de nez à la loi. Quatre de ses patients en avaient exécuté onze. Aucun d'entre eux n'avait été arrêté ni même soupçonné.

« Vous êtes en train de me dire que vous avez arrangé le meurtre de onze personnes ?

— L'exécution de onze vicieux criminels.

— Peu importe. Qu'est-ce qui m'empêcherait d'aller trouver la police ? »

Il s'est de nouveau versé du bourbon. « Je nierai tout et je dirai que vous voulez me punir parce que c'est moi qui vous ai donné la mauvaise nouvelle quant à votre état. »

J'ai levé mon verre : « Vous êtes cinglé.

— C'est exactement ce qu'ont dit vos quatre prédécesseurs. Jusqu'à ce qu'ils y aient bien réfléchi. » Il a pris une gorgée. « Pourquoi n'y réfléchissez-vous pas ? »

Je n'avais pas envie de réfléchir. J'ai reposé mon verre en me levant. « Non, merci. »

Il s'est levé en même temps que moi. « Ce n'est qu'une mise à mort de plus, a-t-il dit, et pour une bonne cause. Et puis, qu'est-ce que vous avez d'autre à faire ? »

Et là, j'ai dû admettre qu'il avait raison. Sans en avoir envie. Je n'aimais pas la suffisance qui transparaissait dans cette simple question. Mais il n'y avait rien dans mon agenda, c'était sûr. Je retournerais dans mon appartement bien propre et bien rangé dans la 54e Avenue. Un appartement toujours très vide quand je n'y étais pas, et seulement un peu moins quand j'y étais.

Je pouvais rentrer chez moi et inventorier mes possessions – essentiellement des livres, des cartes, quelques médailles –, et me demander à qui sur terre je pourrais bien les léguer. J'avais des cousins au Wisconsin, mais personne d'autre. L'armée avait été toute ma vie avant que je ne tombe malade ; ensuite, cela n'avait jamais eu grand sens d'essayer de bâtir autre chose.

Jusqu'à trente et un ans, je pouvais dire que j'avais servi mon pays, peut-être sans toujours aimer ce que je faisais, mais en accomplissant mon devoir. Puis, jusqu'à trente-neuf ans, sans l'armée pour me donner un but, j'avais été comme le type dans la vieille chanson de Ian Tyson, qui se lève tous les jours juste pour déambuler. J'avais eu bien des projets – retourner aux études, lire de la bonne littérature, peut-être apprendre à jouer d'un instrument –, mais rien de tout cela n'avait abouti.

« Au revoir », ai-je dit. Je me suis levé et j'ai traversé le bureau d'Anselm ; la pièce n'avait plus rien de confortable.

« Pensez-y, c'est tout », a-t-il ajouté en me suivant sur le tapis persan.

En posant la main sur la poignée de la porte, j'ai acquiescé : « D'accord, j'y penserai », simplement pour pouvoir m'en aller.

Mais au moment même où j'ouvrais la porte, il s'est produit en moi un glissement subtil. Maintenant que j'étais définitivement en train de mourir, je me sentais un besoin pervers d'avoir une raison de vivre. Je n'allais pas admettre que le docteur m'avait bien deviné – je le trouvais de moins en moins sympathique à mesure que les minutes passaient –, mais je ne me suis pas éloigné dans l'entrée de marbre.

Nous sommes restés ensemble sur le seuil de la porte. Il m'a tendu un autre dossier. « Tenez, ce serait peut-être plus facile si on ne restait pas dans les abstractions. »

Ce dossier-là était plus mince. Quelques feuilles de papier couvertes de lignes dactylographiées à simple interligne et une photo de presse, celle d'un homme doté de fortes bajoues et de sourcils épais, qui faisait un doigt d'honneur aux appareils photo avec une grimace narquoise. Il ne m'a pas fallu longtemps pour le reconnaître.

« C'est Torres. » Quiconque possédait une télévision ou avait récemment lu un quotidien populaire était au courant de l'histoire de Little Tony Torres. Ses manœuvres, avant le procès, avaient fait la une pendant six semaines, jusqu'à ce que les accusations de trafic de drogues soient brusquement abandonnées, faute de preuves. Malgré la protection de la police, les témoins censés relier ce sous-chef de la mafia new-yorkaise à un conteneur de cocaïne saisi sur les quais avaient tous fini sérieusement morts. Des rumeurs couraient selon lesquelles les exécutants auraient bien pu être des policiers.

« C'est une blague, non ? ai-je dit. Il a des gardes du corps et une limousine à l'épreuve des balles.

— Cela signifie-t-il que nous avons réglé la question éthique et que nous en sommes maintenant à la logistique ? » a demandé Anselm.

Sa question m'a obligé à faire une pause. Il avait encore raison. Mon équilibre intérieur avait définitivement changé de nature, me faisant glisser à mon insu du côté du docteur. Je me suis examiné et j'ai été obligé d'admettre que j'avais tué des gens bien plus dignes de vivre que Little Tony. Je n'avais aucune objection morale à soulager le monde de sa dégoûtante présence, si je le pouvais sans me faire prendre ou abattre.

« Expliquez-moi donc tout ça », ai-je demandé.

Anselm a ouvert la bouche de nouveau, mais à ce moment-là nous avons entendu la porte d'entrée s'ouvrir et se fermer, un claquement de talons sur le marbre et une voix de femme qui fredonnait à mi-voix un air que je me rappelais vaguement avoir entendu à la télé, chanté par trois des ténors les plus surpublicisés du monde.

« Ma femme », a précisé Anselm. Il m'a attiré à l'intérieur de son bureau, dont il a refermé la porte.

◆

La clinique se trouvait dans un quartier huppé, les hauteurs à l'est de la ville, avec un gardien pour ouvrir à distance aux clients les lourdes portes de verre. Mais dans l'allée à l'arrière de l'édifice, il y avait une entrée sans surveillance, dont le verrou s'ouvrait avec n'importe quelle carte en plastique dont la bande magnétique contenait les bonnes données. Anselm était consultant occasionnel pour cette clinique. Il avait piqué une clé magnétique supplémentaire au bureau de la sécurité, quelque temps auparavant.

Torres s'y rendait une fois par mois, pour y être connecté à une machine qui aidait à réparer un peu les dommages que l'alcool et un goût précoce pour les amphés avaient causés à son foie. Il s'étendait sur un lit, dans une pièce fermée à clé, tandis que l'équipement gargouillait près de lui pendant deux heures. Son garde du corps traînait dans le coin, en buvant du café et en harcelant les infirmières.

Je suis entré par la porte d'en arrière à 10 h 30, une demi-heure avant le rendez-vous habituel de Torres. Une autre clé magnétique m'a permis de pénétrer dans une réserve au sous-sol. J'y ai trouvé une paire de gants en latex et un Colt 45 automatique, dans une boîte dont l'inscription déclarait qu'elle contenait des spatules pour examiner la gorge.

Après avoir enfilé les gants, j'ai démonté puis remonté le Colt. C'était une arme usagée mais propre et en bon état de marche, un modèle fiable qui venait seulement d'être abandonné par l'armée américaine après des années de bons services. Je m'étais déjà servi de ce pistolet et j'avais tué avec au moins une fois, si je me souvenais bien.

J'ai vérifié les munitions : une variété de balles de haute technologie, qui se déploieraient en fragments coupants comme des rasoirs après avoir pénétré dans les chairs. Je n'avais jamais utilisé auparavant ce genre de balles : une clause de la convention de Genève les bannissait des combats ; mais on pouvait les acheter dans les armureries ou les commander par la poste dans des catalogues.

Assuré que le pistolet ne me ferait pas faux bond, je l'ai armé, j'ai bloqué le verrou de sécurité et j'ai glissé l'arme au creux de mes reins, dans ma ceinture. J'ai enfilé une veste blanche accrochée à la patère de la porte. Il y avait aussi un stéthoscope dans la boîte de spatules ; je me le suis passé autour du cou.

À 11 h 10, je suis monté par les escaliers de secours pour pénétrer dans un foyer, au fond du premier étage. La clé magnétique m'a permis d'entrer dans une salle de consultation dont une porte intérieure donnait sur la salle de traitement où Torres devait se trouver. J'ai entrouvert la porte de quelques centimètres pour jeter un coup d'œil. Le mafieux était couché sur le dos sur une civière roulante matelassée, sous une couverture d'hôpital soulevée par le monticule de sa grosse panse. Des tubes de plastique transparent le reliaient à une machine montée sur un chariot à roulettes – cela ressemblait à ce qu'un mécanicien automobile aurait utilisé pour tester un moteur. Du sang coulait dans les tubes, tandis que la machine bourdonnait comme un mélangeur de cuisine réglé à basse intensité. Torres ronflait.

J'ai ouvert encore un peu la porte. J'avais dit à Anselm d'en huiler les charnières, il n'y a eu aucun bruit. La salle était vide, à l'exception de Torres. J'ai tiré le 45 de ma ceinture et l'ai déverrouillé d'un coup de pouce. Puis j'ai silencieusement pris une couverture qui se trouvait sur une étagère près de la porte pour en envelopper l'arme, sans serrer.

Les pieds de Torres reposaient sur un oreiller à l'extrémité de la civière. J'ai tiré dessus d'un seul coup, et ses pieds ont cogné le rembourrage avec un petit bruit sourd. Avec un reniflement, il a commencé à s'asseoir, mais je lui ai collé l'oreiller dans la figure pour le remettre à l'horizontale. Puis j'ai enfoncé le museau du Colt dans l'oreiller et j'ai tiré quatre fois au travers. La couverture et l'oreiller ont complètement assourdi les coups de feu. Des petites plumes blanches se sont mises à flotter dans l'air, et certaines fumaient encore.

J'ai laissé le Colt, toujours enveloppé dans la couverture, sur la civière et je suis repassé dans la pièce adjacente en verrouillant la porte derrière moi. Puis j'ai traversé la salle de consultation et je suis reparti comme j'étais entré. Un homme en costume luisant, aux épaules massives et aux cheveux rares se tenait dans l'embrasure de la porte à quelques mètres dans le foyer, un gobelet de styromousse dans les mains. Il a regardé du côté de la salle de traitement, une expression perplexe sur le visage.

Avec un sourire, je me suis retourné et j'ai franchi la porte de secours pour redescendre l'escalier. Quelques secondes plus tard, la veste de labo et le stéthoscope se retrouvaient en tas près de la porte arrière de la clinique, et moi, j'étais dans l'allée, puis dans une rue bordée d'arbres, me faufilant entre les groupes de lécheurs de vitrine qui tourbillonnaient le long des magasins haut de gamme. Quand j'ai entendu crier au coin de la rue, derrière moi, je suis entré dans un café pour m'asseoir à une table proche de la fenêtre, tout en ramassant un journal qui traînait. Un moment plus tard, le garde du corps de Torres se trouvait de l'autre côté de la vitre, repoussant les piétons, tournant la tête de tous côtés pour examiner les trottoirs dans les deux sens. Il n'avait plus l'air perplexe – seulement affolé.

◆

«Alors, comment on se sent ? Pas de culpabilité, je parie.»

J'ai émis un petit grognement. J'avais déjà rencontré des types comme Anselm : il ne lui suffisait pas de savoir qu'il avait raison, il devait l'entendre confirmer par autrui. J'aurais pensé qu'un homme aussi intelligent – et surtout un médecin qui a affaire à des patients en phase terminale – aurait manifesté davantage d'empathie.

«Non, ai-je dit, pas de culpabilité. Je me sens très bien.» Mieux, de fait, que je ne m'étais senti la plupart du temps pendant les longues années qui avaient suivi le moment où les médecins militaires avaient démarré mon compte à rebours vers l'inévitable. Supprimer Torres m'avait rappelé mes missions de reconnaissance menées profondément en terrain ennemi contre des bases sandinistes le long de la frontière hondurienne, des missions qui n'avaient officiellement jamais eu lieu. C'était jouer à une partie qui débordait largement du plateau de jeu, et où l'on jouait tout ce qu'on avait. J'avais presque oublié à quel point je m'étais senti *vivant* toutes les fois où je m'étais mis dans une situation dangereuse et m'en étais sorti indemne.

« Ma foi, c'est normal de se sentir ainsi, était en train de dire Anselm. Les autres ont réagi exactement de la même manière. »

J'ai émis un autre grognement. Je ne voulais pas que ses doigts blancs et mous viennent tripoter mes sentiments personnels. C'était le jour après Torres, et nous nous trouvions dans un bar non loin de mon bureau. « Devrions-nous vraiment nous rencontrer ainsi ? » ai-je demandé, surtout pour changer de sujet.

« Pourquoi pas ? » Il a fait signe à la serveuse de nous resservir la même chose. « Vous avez vu les journaux ce matin ? Les flics pensent que l'un des compétiteurs de Torres a décidé de le mettre à la retraite et de reprendre son business. Ils vont attendre pour voir qui hérite de son territoire et ils essaieront alors d'enquêter dans cette direction. » Il a pris une petite gorgée de son deuxième verre. « Mais en gros, ils s'en foutent éperdument. »

J'ai haussé les épaules. Je n'arrivais pas à imaginer ce que j'aurais bien pu dire à cet homme. Il ne l'a pas remarqué, trop occupé à mettre sur ses genoux une mallette ramassée sur le plancher et à fouiller dedans. Il en a tiré un autre dossier brun et s'est penché vers moi en travers de la table – mais il a hésité à me le tendre. « Ce cas-ci serait peut-être un peu beaucoup pour vous, a-t-il dit d'une voix basse. Avez-vous déjà tué une femme ? »

Je me suis rappelé le corps d'une patrouilleuse sandiniste que j'avais fouillée pour voir si elle avait des documents sur elle, les lourdes gouttes de pluie tropicale qui détrempaient vivants et morts, effaçant la puanteur du sang et des boyaux vidés. J'avais retourné la forme vêtue de treillis, et de longs cheveux noirs s'étaient échappés de la casquette en tissu, encadrant un visage qui, essentiellement, n'existait plus. « Ouais, ai-je répondu. Une fois. »

Il m'a tendu le dossier. « Vous avez peut-être entendu parler de celle-là aussi. »

Elle s'appelait Deborah Curtis. Une émission de nouvelles télévisées en avait parlé quelques mois plus tôt. Elle avait bâti un empire de vêtements de sport sur le dos de gamines du Sud-Est asiatique qui travaillaient comme des esclaves quatorze heures par jour dans des appentis en tôle ondulée où elles crevaient de chaud, pour à peine de quoi se payer des haillons et du riz. Le journaliste avait ajouté que tout de suite après leur avoir parlé, à lui et à son équipe, les gamines avaient disparu – on disait qu'elles avaient été expédiées dans un bordel de Bangkok.

Il y avait une coupure de journal dans le dossier : un incendie dans une usine birmane de chemises, dont on pensait que Curtis la contrôlait par l'intermédiaire d'une compagnie de paille. Des dizaines d'ouvrières avaient brûlé vives parce que les sorties de secours avaient été fermées avec du barbelé. Je me rappelais la photo du journal : les cadavres calcinés de femmes et d'adolescentes entassées contre une porte comme des poules étouffées après s'être fait piétiner par un chien dans leur poulailler.

« Il n'y a pas de photo d'elle, ai-je remarqué.

— Elle y veille. On dit qu'elle a payé de grosses sommes à des paparazzi pour qu'ils lui donnent les films, l'autre solution étant de se faire tabasser par son garde du corps.

— Quand et où ? » J'ai gardé une expression neutre, avec une intonation calme, mais je commençais déjà à me sentir excité de nouveau. Il ne faisait aucun doute pour moi que cette Curtis méritait ce qui allait lui arriver, mais j'avais du mal à admettre en mon for intérieur que mes motifs étaient purement égoïstes. Je ne vivrais pas très longtemps, mais en tout cas je serais pleinement vivant aussi longtemps que je le pourrais.

« Elle a un petit ami. Il est marié et ils se rencontrent donc deux fois par semaine dans un hôtel du centre-ville. Le chauffeur-garde du corps reste dans la voiture. Ils prennent toujours la même suite au dernier étage. J'ai réservé une chambre pour vous à l'autre bout du couloir pour jeudi.

— Vous étiez drôlement sûr que j'accepterais. »

Il a haussé les épaules. Un geste qui n'a rien fait pour me le rendre plus sympathique.

« Et le petit ami ? ai-je repris. Je ne vais pas tuer un badaud innocent.

— Elle arrive toujours la première, peut-être une demi-heure avant lui. Elle commande du champagne et des hors-d'œuvre par le service aux chambres. C'est votre occasion d'agir. »

J'ai un peu réfléchi, puis j'ai demandé : «Comment savez-vous tout ça? Vous avez engagé un détective pour la suivre? Parce que c'est une piste que la police pourrait suivre jusqu'à vous, et de là jusqu'à moi.

— Je l'ai surveillée en personne. Elle est difficile à trouver si on ne sait pas de quoi elle a l'air. Rappelez-vous ce qu'a dit un écrivain d'autrefois : les riches sont différents. Il n'y a que quelques endroits assez bons pour eux. Ça réduit considérablement les recherches.

— Bon, alors, qu'est-ce que vous voulez que je fasse? »

Il s'est penché davantage et m'a expliqué son plan.

◆

J'ai frappé à la porte de la chambre 2404 et une voix a dit : «Oui?

— Service aux chambres », ai-je répondu en secouant un peu le petit chariot pour que les flûtes de champagne s'entrechoquent mélodieusement.

La porte s'est ouverte. Elle était grande, avec les cheveux couleur de miel, et s'il s'agissait d'une teinture, c'était du grand art, bien plus que ce que j'étais capable de déceler. Les nuages du paradis devaient sentir ce que sentait son parfum – les bons jours. Anselm avait raison : les riches sont différents.

«Près de la fenêtre, s'il vous plaît », a-t-elle précisé. J'ai poussé le chariot dans la pièce. En trouver un avait été facile : j'avais simplement pris ma chambre une heure plus tôt sous un faux nom et j'avais commandé la même chose par le service aux chambres. La veste de serveur m'avait coûté quarante-cinq dollars dans un magasin d'uniformes.

La fenêtre était ouverte d'au moins cinquante centimètres, une douce brise de printemps se faufilait dans la pièce comme si elle n'avait pas de destination particulière et n'était pas pressée de toute façon. J'ai soulevé un peu plus le châssis à guillotine pour regarder la rue en contrebas – très loin en bas, mais un auvent solide protégeait le trottoir. Aucun risque d'écraser un piéton malchanceux.

Le plan était simple. Quand Deborah Curtis se pencherait pour signer sa note, je me placerais derrière elle, lui appliquerais la bonne prise et lui briserais la nuque. Je ne l'avais jamais fait pour de bon, mais j'avais été entraîné par des experts et, la nuit précédente, ayant retrouvé mes vieux manuels de combat à mains nues, je m'étais rafraîchi la mémoire.

Quand elle serait morte, je balancerais son corps par la fenêtre, retournerais avec le chariot dans ma chambre et attendrais l'arrivée, puis le départ, de la police. Dans un hôtel de cette qualité, le dérangement serait d'une intensité et d'une durée minimales.

J'ai déplié les côtés du chariot pour en faire une table, puis j'ai ouvert le registre en cuir où se trouvait la note du service aux chambres, tout en produisant un stylo-bille dont j'ai fait sortir la pointe pour le rendre immédiatement utilisable – les bonnes manières.

« Merci », a-t-elle dit en m'adressant un sourire qui semblait sincère. Elle s'est penchée au-dessus de la table. J'ai fait un pas en arrière et de côté, en tendant les mains. Elle chantonnait quelque chose alors que je m'apprêtais à la saisir.

◆

Le soleil se déversait de nouveau à flots par la fenêtre de la salle d'examen d'Anselm. Il marchait de long en large derrière son bureau. « Comment ça s'est passé ? » a-t-il demandé.

Je me suis assis sur la chaise réservée aux patients. Cela faisait moins d'une heure que j'avais frappé à la porte de la chambre 2404.

« Très bien. Aucun problème.

— Elle a dit quelque chose ? Elle a crié ? Comment c'était ? »

Je pouvais voir que ses mains tremblaient. Des tics ne cessaient d'agiter son visage, comme si une expression frénétique se trouvait à peine retenue sous la surface et allait surgir pour lui convulser la figure s'il perdait le contrôle ne serait-ce qu'une seconde.

« Non, elle n'a rien dit.

— Bien. » Il s'est retourné pour regarder par la fenêtre. Il avait les épaules rigides sous sa veste de labo blanche. « Il y a un nouveau traitement que je voudrais vous faire essayer », a-t-il dit enfin, sans me regarder. « Expérimental, mais très prometteur.

— Une cure ? »

Il a dû entendre mon scepticisme, car il a ajouté, trop vite : « Non, non, pas une cure. Cela sert… euh… à renforcer le système immunitaire. Ça vous fait durer plus longtemps, en repoussant l'éventuelle… eh bien, ça pourrait vous donner encore six mois, peut-être plus.

— Vraiment ?

— C'est ça, là. » Il s'était retourné pour me montrer une seringue hypodermique remplie d'un liquide clair. « Vous n'avez qu'à remonter votre manche de chemise.

— Bien sûr », ai-je dit.

Il a contourné son bureau avec des mouvements saccadés, comme s'il avait les jambes raides. Ses doigts tremblants ont fait jaillir un arc de liquide à l'extrémité de l'aiguille. Alors qu'il se penchait vers moi, je me suis levé en le frappant violemment au plexus. Son souffle l'a quitté d'un seul coup, comme l'air s'échappe d'un ballon de plage crevé, et il s'est effondré sur le tapis.

La seringue était tombée de sa main. Je l'ai ramassée. « Qu'est-ce que ça fait, réellement ? »

Il avait du mal à retrouver assez de souffle pour parler. « Rien, a-t-il enfin réussi à dire. Ça vous redonne du chien, c'est tout.

— Alors, ça ne vous dérangera pas d'en prendre en premier », et j'ai planté l'aiguille dans son bras gauche juste sous l'épaule, en enfonçant le piston à fond.

Il a essayé de m'échapper, une main désespérément tendue vers le téléphone de son bureau. Je lui ai écrasé les doigts d'un coup de poing. Il a poussé un petit cri en retirant sa main pour la glisser sous une aisselle. Son visage était en train de virer à une nuance de violet des plus intéressantes.

« Il n'y en avait pas d'autres, n'est-ce pas ? »

Il a postillonné quelque chose qui sonnait comme un démenti.

« Si vous êtes correct avec moi, je pourrai peut-être vous aider.

— Je vous en prie », a-t-il dit. Il a avalé sa salive, puis ouvert la bouche comme s'il avait quelque chose de coincé dans la gorge. Il en est sorti un son poussif.

« D'accord, a-t-il repris, vous étiez le seul. J'ai pensé que vous seriez plus facile à manier si vous croyiez faire partie d'une série. Appelez le 911, maintenant.

— Oh non, ai-je dit. Toute la vérité. C'est votre dernière chance.

— J'ai seulement quelques minutes, je vous en prie… 911…

— Et si je vous racontais et que vous hochiez seulement la tête pendant les pauses ? D'abord, le coup avec Torres était exactement ce que vous en disiez. Vous vous êtes arrangé pour me faire tuer un trafiquant de drogues. »

Il a hoché la tête.

« Mais Deborah Curtis, c'était autre chose. Pas une femme qui tenait en esclavage des milliers de gamines du tiers-monde. Seulement une femme aux prises avec un mariage qui s'en allait vers une séparation. »

Je me suis arrêté en attendant sa réaction, mais il était trop occupé à tirer sur son col de chemise, aussi ai-je poursuivi : « Mais là, son mari lui a dit qu'il voulait une réconciliation, lui a demandé de le rencontrer dans une chambre d'hôtel. Un peu de champagne, quelques huîtres, peut-être pourraient-ils ranimer leurs anciens sentiments, éviter les dégâts d'un divorce. C'était drôlement sympa de sa part, hein, doc ? Dans la mesure où… c'est juste une hypothèse, vraiment, mais je parierais que c'était elle qui avait tout le fric et qu'il avait signé un contrat de mariage qui lui aurait seulement laissé une poignée d'anciens instruments médicaux. »

Il secouait la tête avec un râle qui pouvait signifier "non".

« Sauf que le petit mari n'allait pas se pointer, n'est-ce pas ? À sa place, un grand imbécile d'étranger allait s'amener, briser le cou de la dame et la flanquer par la fenêtre. »

Anselm postillonnait. Je l'ai ignoré.

« Et ça a presque marché. Je l'aurais exécutée, comme Torres, et je serais revenu ici pour vous laisser m'injecter cette saloperie qui est en train de vous tuer, quelle qu'en soit la nature. Il n'y aurait pas eu d'autopsie. Je suis un patient en phase terminale, et vous auriez signé vous-même le certificat de décès. »

Je ne savais pas trop s'il m'entendait encore, mais j'ai continué : « Ouais, ça a presque marché. Si quelque chose ne m'avait pas fait hésiter assez longtemps pour voir le nom qu'elle a inscrit sur la note du service aux chambres… »

Ses paupières papillotaient, mais le reste de son corps était maintenant parfaitement immobile. Je l'ai ramassé par terre pour l'asseoir dans son fauteuil, puis j'ai enfilé des gants de latex après avoir essuyé avec soin la seringue. J'ai appuyé ses doigts sur le piston et la seringue, puis j'ai laissé celle-ci dans sa main droite inerte.

Un râle rythmé s'échappait à présent du fond de sa gorge. Je connaissais ce son. J'ai enlevé les gants, que j'ai jetés dans la poubelle de déchets biologiques, j'ai attendu que le bruit cesse, puis je suis parti à la recherche de l'infirmière.

◆

Élizabeth Anselm a dû être fort perplexe en voyant le service aux chambres lui amener un deuxième chariot avec le champagne et les hors-d'œuvre. Et elle a probablement été déçue quand son mari ne s'est pas présenté. Mais je me suis dit qu'elle s'en remettrait. Elle n'aurait pas de mal à trouver mieux.

Après avoir parlé à la police – "Oui, il semblait déprimé, il n'arrêtait pas de parler de son mariage" –, je suis descendu au rez-de-chaussée pour m'éloigner dans le dernier mois d'avril que je connaîtrais jamais. Sur le chemin de mon bureau, je suis passé devant un magasin qui vendait des disques de musique classique.

« Connaissez-vous cet air-là ? » ai-je demandé à l'employé, et j'ai répété les quelques notes que la femme du docteur avait chantonnées dans la chambre d'hôtel. La même mélodie, à la fois triste et triomphante, qu'elle avait fredonnée dans sa maison décorée avec tant de goût, alors que son mari me recrutait pour la tuer.

« *Nessun Dorma*, a dit l'employé. C'est dans un opéra de Puccini, *Turandot*. Nous l'avons sur un disque de Pavarotti. »

Je l'ai acheté, avec un ou deux autres. Je n'aurais guère le temps de devenir un bon amateur d'opéra, mais j'essaierais de me rendre aussi loin que possible.

Parution originale : One More Kill,
Blue Murder Magazine, 2000.

Prix Arthur-Ellis 2001

Meurtre en Utopie

Peter ROBINSON

Je venais juste de cautériser le moignon du bras gauche d'Ézékiel Metcalfe – j'avais dû l'amputer après qu'une des machines à carder le lui eut déchiqueté –, quand le jeune Billy Ratcliffe s'en vint en courant me dire qu'un homme était tombé dans le barrage.

Pensant qu'on aurait besoin de mes talents médicaux, et laissant mon assistant Benjamin prendre soin d'Ézékiel, j'essayai d'emboîter le pas au jeune Billy tandis qu'il me précédait le long de Victoria Road à une allure de casse-cou. Je n'étais pas un vieil homme à cette époque, mais j'avais mené une existence plutôt sédentaire, j'en ai peur, et j'étais hors d'haleine lorsque nous passâmes devant les petits lopins de terre en face de l'usine. Un peu plus lentement, nous traversâmes les voies de chemin de fer et le canal, pour arriver enfin au pont métallique qui enjambait l'Ayre.

Plusieurs hommes étaient rassemblés sur le pont et scrutaient les eaux en contrebas. Quelques-uns désignaient une forme noire qui semblait flotter et se débattre dans le courant. Dès que je vis la scène, je sus qu'aucun de mes talents ne serait d'une quelconque utilité au malheureux dont le manteau s'était pris dans une racine d'arbre pointant de la rive.

«Quelqu'un l'a vu tomber?» demandai-je.

Tous secouèrent la tête. Après avoir choisi deux gars solides, je les menai à travers les buissons vers la rivière. En manœuvrant un peu, ils furent en mesure de se mettre à plat ventre et d'attraper chacun un bras du noyé, en s'étirant par-dessus le petit rebord. Ils sortirent peu à peu de l'eau le corps ruisselant.

Quand ils eurent complété leur tâche, un soupir étranglé s'éleva de la foule qui se tenait sur le pont. Le visage livide avait beau être vilainement marqué d'entailles et de meurtrissures, il ne pouvait y avoir personne là qui ne reconnût Richard Ellerby, l'un des principaux acheteurs de laine pour sir Titus Salt.

◆

Saltaire, où se déroulèrent au printemps de 1873 les événements dont je vais parler, était alors un village modèle, une Utopie ouvrière de quelque cinq ou six mille âmes édifiée par sir Titus Salt dans la vallée de l'Ayre, entre Leeds et Bradford. Le village est toujours là et n'a guère changé, avec son quadrillage simple, de l'autre côté des voies de chemin de fer au sud-ouest de la colossale filature à six étages à laquelle il doit son existence.

Comme il n'y avait pas de crime en Utopie, aucune force de police n'était nécessaire et nous comptions sur les gendarmes des communes voisines en cas peu probable d'événements vraiment déplaisants, ou de troubles. Il n'y avait certainement aucune raison de soupçonner quoi que ce fût de louche dans la mort de Richard Ellerby, mais les procédures légales doivent être observées dans tous les cas où les circonstances du décès ne sont pas immédiatement apparentes.

Je m'appelle William Oulton, je suis médecin, et je travaillais à l'hôpital de Saltaire comme médecin et comme scientifique effectuant des recherches sur le lien possible entre la laine brute et l'anthrax. Je faisais également office de coroner. Je considérai donc comme ma responsabilité d'examiner les faits concernant la mort de Richard Ellerby.

Mon intérêt était également personnel dans ce cas, car le défunt avait été une de mes relations, et j'avais maintes fois dîné avec lui et sa charmante épouse Caroline. Richard et moi appartenions tous deux à l'Institut de Saltaire – la réponse civilisée de sir Titus aux maux des tavernes ; nous assistions souvent ensemble à des concerts de musique de chambre, nous jouions au billard ou nous détendions au fumoir où nous discutions parfois des possibles problèmes médicaux liés à l'importation de la laine. Je ne dirais pas que je connaissais *bien* Richard – c'était de maintes façons un homme réservé et discret en ma compagnie –, mais je le savais honnête et travailleur, tout comme je le savais convaincu du bien-fondé de la vision de sir Titus.

Mon examen *post mortem*, le jour suivant, indiqua que Richard Ellerby avait assez d'eau dans les poumons pour étayer un verdict de mort par noyade. Laissez-moi le répéter : *il n'y avait absolument aucune raison de soupçonner un crime*. On était tombé dans le barrage et on y était mort de cette façon auparavant. Voies de fait et meurtres étaient des crimes auxquels songeaient rarement les citoyens de l'Utopie. Que l'arrière du crâne de Richard fût fracturé, et que son visage comme son corps fussent couverts d'égratignures et de bleus, cela pouvait aisément s'expliquer par sa chute dans le barrage. On était en mai, et le dégel avait suscité une crue qui dégringolait avec un bruit de tonnerre depuis sa source dans les Pennines, avec une telle force qu'elle pouvait avoir aisément causé les blessures constatées sur le cadavre.

Évidemment, il *pouvait* y avoir une autre explication, et c'était peut-être pourquoi j'étais réticent à laisser les choses en l'état.

Si vous avez inféré de ma phraséologie que je croyais moins que certains de mes contemporains à Saltaire en tant qu'Utopie moderne, on peut vous complimenter pour votre sensibilité aux nuances de la langue. En examinant mes souvenirs, cependant, je me demande si je ne laisse pas mes opinions présentes obscurcir la lentille à travers laquelle je scrute le passé. Un peu, peut-être. En tout cas, je le sais, je croyais certainement que sir Titus Salt était totalement dévoué à son idée, mais je pense aussi que, même alors, après avoir passé seulement trente ans sur cette terre, j'avais trop vu de l'humaine nature pour avoir foi en des utopies comme Saltaire.

Par ailleurs, j'avais une autre qualité qui ne me permettait pas de laisser les choses en l'état: si j'étais un chat, soyez-en persuadé, je serais mort à présent, nonobstant les neuf vies.

◆

Ce fut par une autre belle matinée que je laissai Benjamin se charger des rondes à l'hôpital et m'en allai pour voir à un sujet qui me préoccupait depuis les deux derniers jours. Les maisons des pensionnaires, de l'autre côté de la route, étaient un charmant spectacle, derrière leurs larges pelouses. Quelques pensionnaires étaient assis sur des bancs et fumaient leur pipe sous les fleurs blanches et roses des arbres. Des hommes "de bonne moralité", qui bénéficiaient de la largesse de sir Titus sous forme de logement gratuit et d'une pension de sept shillings et six pence par semaine, mais seulement aussi longtemps qu'ils continuaient à manifester leur "bonne moralité". La charité, après tout, n'est pas pour tout le monde, seulement pour ceux qui le méritent.

De peur que vous ne pensiez que j'étais un grand cynique à un si jeune âge, je dois admettre que je trouvais bien des aspects admirables à Saltaire. Contrairement aux taudis sales, étroits et suffocants de Bradford, entassés dos à dos, où j'avais vu de mes propres yeux dix personnes ou plus partageant une cave sombre et humide inondée à chaque orage, Saltaire était conçu comme un environnement ouvert et bien aéré. Les rues étaient toutes pavées et bien drainées, ce qui évitait le manque d'hygiène qui suscite les maladies. Chaque maison avait son cabinet d'aisance extérieur, lequel était régulièrement nettoyé, ce qui évitait aussi les maux potentiellement causés par le partage de ces installations. Sir Titus avait également insisté sur des mesures spéciales pour réduire les effluves de l'usine, de sorte que nous n'avions pas à vivre sous un voile d'émissions toxiques, et nos jolies maisons de grès n'étaient pas incrustées d'une couche de suie. Tout a un prix, cependant, et à Saltaire, c'était le sentiment de devoir vivre constamment en accord avec la vision morale d'un autre que soi.

Je tournai à gauche dans Titus Street pour longer l'édifice surmonté de sa "tour d'espion". Cette pièce supplémentaire, tout en haut, était presque entièrement entourée de fenêtres, comme le sommet d'un phare, et j'y avais souvent remarqué une silhouette indistincte. La rumeur publique voulait que Sir Titus employât un homme muni d'un télescope afin de surveiller le village, repérer les signes de troubles et rapporter toute infraction. Il me sembla y voir quelqu'un en passant, mais ce pouvait être une illusion, un reflet de soleil sur la vitre.

Plusieurs femmes avaient étendu leur linge à sécher en travers d'Ada Street, comme d'habitude. Tout le monde savait que sir Titus réprouvait cette pratique – de fait, il avait généreusement construit des lavoirs publics pour essayer de la décourager –, mais c'était leur petite façon d'affirmer leur indépendance, de faire un pied de nez à l'autorité.

Ainsi qu'il convenait à un acheteur de laine, Richard Ellerby avait vécu avec sa femme et ses deux enfants une des demeures plus impressionnantes qui se trouvaient dans Albert Road, orientées vers l'ouest, vers la campagne, et non vers la filature. Selon la coutume locale dans les cas de deuil, les rideaux avaient été tirés à l'étage.

Je frappai à la porte et j'attendis. Caroline Ellerby m'ouvrit elle-même, dans ses habits noirs de veuve, et me pria d'entrer. C'était une belle femme, mais ce jour-là elle était pâle, elle avait les yeux rougis de larmes. Lorsque je fus assis dans le vaste salon, elle me demanda si je prendrais un petit verre de sherry.

Sir Titus ne permettait pas les pubs à Saltaire, convaincu qu'ils encourageaient le vice, la paresse et le libertinage, mais il n'avait pas d'objection à ce qu'on servît de l'alcool chez soi. De fait, il était connu pour posséder lui-même une fort belle cave à vins. En cette occasion, cependant, je déclinai l'offre, en arguant de l'heure précoce et de la quantité de travail qui m'attendait à l'hôpital.

En lissant ses volumineuses jupes noires, Caroline Ellerby s'assit sur le divan Chesterfield. Après lui avoir exprimé mes condoléances, qu'elle accepta d'une inclinaison de tête, je passai à ce qui m'occupait l'esprit.

« Je dois vous poser quelques questions à propos de l'accident de Richard, lui expliquai-je. Mais seulement si vous vous sentez en mesure d'y répondre.

— Bien sûr, dit-elle en croisant les mains sur ses genoux. Je vous en prie.

— Quand avez-vous vu votre époux pour la dernière fois ?

— La soirée avant... avant qu'on ne le retrouve.

— Il a été absent de la maison toute la nuit ? »

Elle hocha la tête.

« Mais vous devez sûrement avoir remarqué qu'il n'était pas là ? » Je me rendis compte que j'étais peut-être sur le point d'être blessant ou même que j'avais déjà dépassé ce stade, mais ce détail me déconcertait et, lorsque je suis déconcerté, j'insiste jusqu'à ce qu'une solution se présente. Je ne pouvais pas davantage m'en empêcher qu'un tigre d'avoir des rayures.

« J'avais pris un somnifère, dit-elle. Je ne me serais pas réveillée, je le crains bien, si l'on m'avait déposée au milieu de la salle de tissage. »

Compte tenu du fait que la salle de tissage contenait douze cents métiers à tisser mécaniques, qui grinçaient et claquaient de concert, je soupçonnais plutôt Caroline d'hyperbole, mais elle s'était très clairement fait comprendre.

« Croyez-moi, poursuivit-elle, je me tourmente sans cesse depuis… *Si* je n'avais pas pris ce somnifère. *Si* j'avais remarqué qu'il n'était pas rentré. *Si* j'avais essayé de le trouver…

— Cela n'aurait aidé en rien, Caroline, lui dis-je. Sa mort a dû être très rapide. Vous n'auriez rien pu y faire. Il est inutile de vous torturer.

— J'apprécie votre bonté, mais même ainsi…

— Quand avez-vous effectivement constaté que Richard n'était pas rentré ?

— Pas avant que George Walker ne vienne du bureau pour m'apprendre la nouvelle. »

Je réfléchis un instant avant de poursuivre, incertain quant à la façon d'adoucir le tour que prenaient mes questions. « Caroline, croyez-moi, je ne veux pas être inutilement indiscret ou vous causer quelque détresse que ce soit, mais avez-vous la moindre idée de l'endroit où est allé Richard cette nuit-là ? »

La question sembla la dérouter. « Où il est allé ? Mais au *Repos des Voyageurs*, bien sûr, dans Otley Road. »

Ce fut à mon tour d'être surpris. J'avais connu Richard Ellerby, mais j'avais ignoré qu'il fréquentait des lieux publics. Le sujet ne s'était tout simplement jamais présenté entre nous. « *Le Repos des Voyageurs* ? Y allait-il souvent ?

— Pas vraiment souvent, non, mais il aimait à l'occasion l'atmosphère d'une bonne taverne. D'après lui, *Le Repos des Voyageurs* est un établissement respectable. Je n'avais aucune raison de ne pas le croire.

— Bien sûr que non.» Je connaissais cet endroit, et je n'avais certainement jamais rien entendu qui pût en entacher la réputation.

« Vous semblez surpris, docteur Oulton.

— Seulement parce que votre époux ne me l'a jamais mentionné. »

Caroline parvint à esquisser un léger sourire. « Richard est d'une origine humble, comme vous le savez, j'en suis sûre. Il a durement travaillé, à Bradford et à Saltaire, pour arriver à la haute position qu'il a obtenue. C'est un fervent disciple de monsieur Samuel Smiles et de sa doctrine de l'effort personnel. Malgré son succès et sa promotion, il n'est pas snob. Il n'a jamais perdu son origine de vue. Richard aime à se trouver avec ses compagnons ouvriers dans l'atmosphère chaleureuse d'une bonne taverne, voilà tout. »

Je hochai la tête. Il n'y avait là rien d'inhabituel. À l'occasion, je m'aventurais moi-même à *L'Épaule de Mouton*, en haut de Bingley Road. Après tout, le village n'était pas censé être une prison. Je commençais cependant à saisir que Richard avait probablement supposé que, étant un membre des classes professionnelles, j'étais au-dessus des lieux publics de cette sorte, ou que je m'y opposais pour des raisons de santé, étant médecin. J'éprouvais un petit choc de regret de ce que nous n'avions jamais pu nous rencontrer autour d'une pipe et d'une pinte d'ale. Maintenant qu'il était mort, nous ne le ferions jamais.

« Lui arrivait-il d'exagérer? Je le demande uniquement parce que je cherche une explication de ce qui s'est passé. Si Richard avait trop bu, cette nuit-là, peut-être, et qu'il avait trébuché… »

Caroline fit une moue, les sourcils froncés, tout en réfléchissant un moment. « Je ne dirai pas qu'il n'a *jamais* pris quelques verres de trop, admit-elle. Mais je peux bel et bien dire qu'il n'avait pas l'habitude d'exagérer.

— Et il n'avait pas de préoccupation qui aurait pu le pousser à boire plus que d'habitude cette nuit-là ?

— Richard avait beaucoup de préoccupations, surtout en ce qui concernait son travail, mais rien d'inhabituel, rien qui l'aurait poussé à boire, je peux vous en assurer. » Après un petit silence, elle reprit : « Docteur Oulton, y a-t-il autre chose ? Je suis très lasse, je le crains. Même avec le somnifère, les deux dernières nuits… Je suis sûre que vous pouvez comprendre. J'ai dû envoyer les enfants chez ma mère. Je ne peux tout simplement pas m'en occuper pour le moment. »

Je me levai. « Bien sûr. Vous m'avez déjà été d'un grand secours. Juste un dernier petit détail ? »

Elle pencha la tête de côté. « Oui ?

— Richard avait-il des ennemis ?

— Des ennemis ? Non. Pas que je sache. Vous ne suggérez sûrement pas que quelqu'un lui a fait ça ?

— Je ne sais pas, Caroline. Je ne sais tout simplement pas. C'est le problème. Je vous en prie, restez là. Je connais le chemin pour sortir. »

En retournant à l'hôpital, je me rendis compte que c'était bel et bien le problème : *je ne savais pas*. Je me surpris aussi à me demander ce que Richard pouvait bien faire au bord du barrage s'il revenait du *Repos des Voyageurs*. Le chemin de halage du canal était certainement le chemin idéal pour aller

à la taverne et en revenir, mais la rivière se trouvait
au nord du canal, et la demeure de Richard au sud.

◆

    En route vers *Le Repos des Voyageurs*, ce soir-
là, j'examinai la théorie selon laquelle Richard
aurait pu attirer l'attention d'un malfaiteur, ou d'un
groupe de malfaiteurs qui l'auraient suivi et dévalisé pour jeter ensuite son corps depuis le barrage.
Le seul problème de cette théorie, c'était qu'il avait
encore plusieurs souverains d'or en poche, et aucun
voleur respectable n'aurait manqué de voir un aussi
riche butin.

    Le Repos des Voyageurs s'avéra être une taverne
aussi respectable que Richard l'avait dit à sa femme,
et son atmosphère aussi joyeuse que je pouvais le
souhaiter après mes lugubres pensées. Elle ne semblait certainement pas un repaire de voleurs et de
ruffians. Au contraire, éclairée au gaz, elle était
pleine de rires et de conversations chaleureuses, et
j'y reconnus plusieurs groupes d'ouvriers de l'usine,
dont j'avais traité de nombreux travailleurs pour des
maux mineurs. Quelques-uns levèrent les yeux,
surpris de me voir là, et murmurèrent des salutations
penaudes. D'autres, plus effrontés, me saluèrent
avec éclat, considérant ma présence comme une
sanction de leur propre petite faiblesse. Jack
Liversedge se trouvait là aussi, seul dans un coin,
et faisait durer son verre. Je ressentis un élan de
compassion. Le pauvre Jack était terriblement déprimé depuis que sa femme avait succombé à l'anthrax, deux mois plus tôt, et personne ne pouvait le
consoler, apparemment. Il ne leva même pas les
yeux à mon entrée.

Je me dirigeai vers le bar et attirai l'attention du propriétaire. C'était un homme rondelet au nez veiné de rouge qui évoquait assez un radis, ce qui m'indiquait quant à moi qu'il appréciait peut-être un peu trop sa propre marchandise. Il me salua avec alacrité, et je commandai une pinte d'ale. Après avoir été servi, remarquant une légère accalmie dans l'achalandage, je me présentai et lui demandai s'il se rappelait la dernière visite de Richard Ellerby. Une fois que je lui eus décrit mon défunt collègue, il répondit que oui.

« Un monsieur bien, monsieur Ellerby, monsieur. J'ai été bien navré d'apprendre ce qui est arrivé.

— Je me demandais s'il s'était passé quoi que ce soit d'inhabituel ce soir-là.

— Inhabituel ?

— Buvait-il trop ?

— Non, monsieur. Deux ou trois ales, c'était sa limite.

— Et donc il n'était pas ivre lorsqu'il est parti, il ne chancelait pas ?

— Non, monsieur. Excusez-moi. » Il alla servir un autre client et revint à moi. « Non, monsieur, je ne peux dire avoir jamais vu monsieur Ellerby en état d'ébriété.

— Y avait-il des voyous, cette nuit-là ? »

Il secoua la tête. « Les voyous, moi, je les renvoie. À la taverne *Les Plumes*, dans Leeds Road. C'est le genre de place pour les voyous. Ici, c'est un établissement respectable. » Il se pencha par-dessus le bar. « Je vais vous dire quelque chose gratis : si monsieur Salt ne veut pas de tavernes dans son village, il n'y a pas de meilleur endroit pour ses ouvriers que *Le Repos des Voyageurs*, s'ils désirent passer une bonne heure ou deux, et c'est l'honnête vérité du bon Dieu.

— Je suis sûr que vous avez raison, répliquai-je, mais de temps en temps, les choses doivent bien se corser un peu ? »

Il se mit à rire : « Rien que je ne puisse contrôler.

— Et vous êtes certain que rien d'étrange n'est arrivé la dernière nuit où monsieur Ellerby était ici ?

— Vous seriez mieux de demander ça à lui, là. » Il indiquait Jack Liversedge du menton. Celui-ci semblait engagé dans une dispute à voix basse avec lui-même. « J'ai autant de compassion que n'importe qui pour un bonhomme qui a perdu sa femme, pauvre type, mais la façon dont il se comporte... » Il secoua la tête.

« Qu'est-il arrivé ?

— Ils ont eu une petite prise de bec.

— À quel sujet ? »

Il haussa les épaules. « J'ai entendu monsieur Liversedge dire à monsieur Ellerby qu'il ne valait pas mieux qu'un meurtrier, et puis il a fini son verre et il est parti.

— Combien de temps avant le départ de monsieur Ellerby ?

— Cinq minutes peut-être. Pas longtemps. »

Je méditais là-dessus tandis qu'il s'excusait encore pour aller servir d'autres clients. L'épouse de Jack Liversedge, Florence, une trieuse de laine, était morte de l'anthrax deux mois plus tôt. C'est une terrible maladie, que nous ne faisions alors que commencer à comprendre. Pour mes propres recherches, j'avais correspondu avec deux scientifiques de renom qui travaillaient dans ce domaine, monsieur Casimir-Joseph Davaine, en France, et *Herr* Robert Koch, en Allemagne. Jusque-là, nous avions pu déterminer que la maladie était causée par des micro-organismes vivants, probablement dissimulés dans la laine d'alpaga des lamas sud-américains et le mohair des chèvres d'Angora, matériaux que sir Titus importait pour fabriquer ses lainages les plus fins. Mais nous avions encore bien du chemin à faire avant de découvrir une protection ou une cure.

Tout en sirotant mon ale et en observant Jack Liversedge, je commençai à m'interroger. Richard Ellerby était un acheteur de laine. Jack, dans sa détresse et sa confusion, l'avait-il considéré comme responsable de la mort de Florence? D'après ce que j'avais vu et entendu du comportement erratique de Jack depuis la mort de son épouse, c'était certainement possible – et Jack était un grand et fort gaillard.

Je m'apprêtais à aller le trouver, sans avoir un plan bien clair quant à ce que je lui dirais, quand il parut arriver à une pause dans sa dispute avec lui-même, laissa tomber avec bruit sa chope et s'en alla, en se cognant dans plusieurs personnes au passage. Je décidai de le suivre.

◆

Je suivis Jack dans l'escalier de pierre qui menait au chemin de halage et l'appelai, ce qui lui fit tourner la tête et me demander qui j'étais. Je me présentai.

«Ah, dit-il. C'est vous, docteur.»

Le chemin de halage n'était pas éclairé, mais le canal était rectiligne et la lueur d'une lune pleine aux trois quarts s'étendait tel un suaire sur les eaux tranquilles. C'était suffisant pour nous permettre de voir où nous allions.

« Je vous ai aperçu à la taverne, dis-je. Vous sembliez fâché. J'ai pensé que nous pourrions rentrer chez nous de concert, si cela ne vous ennuie pas ?

— Comme vous voulez. »

Nous marchâmes en silence, tout en nous rapprochant de l'usine qui se dressait devant nous dans la lumière argentée, un bloc fantomatique de grès en relief sur le ciel noir étoilé. Je ne savais comment aborder le sujet qui m'occupait l'esprit, tout en craignant que, si j'avais vu juste, Jack ne se défendît et que, si j'étais dans l'erreur, il ne fût à bon droit offensé. Finalement, je décidai de m'en tirer de mon mieux, en tâtonnant.

« J'ai entendu dire que Richard Ellerby se trouvait à la taverne l'autre nuit, Jack.

— Vraiment ?

— Oui. J'ai entendu dire que vous vous êtes querellé avec lui.

— C'est bien possible.

— De quoi s'agissait-il, Jack ? Vous êtes-vous battu avec lui ? »

Jack s'arrêta pour se tourner vers moi et, pendant un instant, je crus qu'il allait m'attaquer. Je me raidis, mais il ne se passa rien. Dans son dos, l'usine nous dominait de toute sa hauteur. À la lueur de la lune, je pus voir plusieurs émotions passer sur le visage de Jack, de la crainte au chagrin, et pour finir de la résignation. Il paraissait de quelque façon *soulagé* que je l'eusse interrogé sur Richard Ellerby.

« C'était lui qui achetait la laine, non ? » dit-il d'une voix altérée par la colère. « Il aurait dû savoir. »

Je soupirai. « Oh, Jack. Personne n'aurait pu savoir. Il ne faisait qu'acheter la laine. Il n'y a pas de tests. Il n'y a aucun moyen de *savoir*.

— Ce n'est pas bien. Il a acheté la laine qui a tué Florence. Quelqu'un devait payer.»

Il me tourna le dos pour reprendre son chemin. Je le suivis. Nous arrivâmes en bas de Victoria Road, et je pus entendre le rugissement du barrage à notre gauche. Jack s'avança sur le pont de fer, où il resta à contempler la chute d'eau. J'allai le rejoindre. «Et à qui appartient-il de décider qui paie, Jack?» demandai-je en élevant la voix au-dessus du fracas de l'eau. « Qui est donc chargé de jouer Dieu, à votre avis? Vous?»

Il me regarda avec une pitié mêlée de mépris, puis secoua la tête en disant: «Vous ne comprenez pas.»

Je regardai l'eau en contrebas, l'écume ourlée de rayons de lune. «L'avez-vous tué? Avez-vous tué Richard Ellerby parce que vous le blâmiez pour la mort de Florence?»

Il resta silencieux un moment puis il hocha la tête, un mouvement bref et saccadé. «Il était là, dit-il, dans son plus beau manteau, à boire et à rire, et ma Florence pourrissait dans sa tombe.

— Comment est-ce arrivé?

— Je lui ai dit qu'il ne valait pas plus qu'un assassin, à acheter de la laine qui tue des gens. Je veux dire… ce n'était pas la première fois, hein? Il a répondu que ce n'était pas sa faute, que personne ne pouvait savoir. Et puis, quand je lui ai dit qu'il aurait dû faire plus attention, il a répliqué que je ne comprenais pas, que c'était juste les risques du métier, qu'elle aurait dû savoir qu'elle prenait un risque avant d'accepter cet emploi.»

Si Richard avait réellement parlé ainsi à Jack, il s'était assurément rendu coupable d'une insensibilité grossière que je n'avais pas soupçonnée chez lui. Mais même si c'était le cas, nous sommes tous susceptibles de dire ce qu'il ne faut pas au mauvais moment, surtout si nous avons été provoqués autant que Richard l'avait sans doute été par Jack. Cela ne justifiait certainement pas de l'assassiner, toutefois.

«Et comment est-ce arrivé, Jack?» demandai-je.

Il dit, après une petite pause: «Je l'ai attendu sur le chemin de halage. En revenant, nous n'avons pas arrêté de nous quereller, et finalement j'ai perdu le contrôle. Il y avait un grand morceau de bois, un bout de caisse ou quelque chose de ce genre dans les buissons. Il m'a tourné le dos et a commencé à s'éloigner. J'ai ramassé le bout de bois et je l'ai assommé, et il est tombé.

— Mais pourquoi le barrage?

— J'ai compris ce que j'avais fait.» Il éclata d'un rire dur. «C'est drôle, vous savez, surtout maintenant que ça n'a plus d'importance, mais à ce moment-là, juste après l'avoir fait, quand j'ai compris que j'avais *tué* un homme, j'ai été pris de panique. Je me suis dit que si je jetais son corps dans le barrage, on penserait qu'il était tombé. Ce n'était pas loin, et il n'était pas pesant.

— Il n'était pas mort, Jack. Il avait de l'eau dans les poumons. Cela signifie qu'il était vivant quand il est tombé dans l'eau.

— Peu importe, dit Jack. D'une façon ou d'une autre, c'est moi qui l'ai tué.»

L'eau rugissait dans mes oreilles. Jack se tourna vers moi. Avec un tressaillement, je reculai de nouveau, en levant un bras pour le maintenir à distance.

Il secoua la tête avec lenteur, des larmes dans les yeux, en parlant si bas que je dus faire un effort pour l'entendre. « Oh non, docteur, vous n'avez rien à craindre de moi. C'est plutôt moi qui ai à craindre de vous. »

Je secouai la tête à mon tour. Je ne savais vraiment que faire, et mon cœur battait encore la chamade parce que j'avais eu peur qu'il ne me jetât moi aussi par-dessus le parapet.

« Eh bien, dit-il, tout ce que je demande, c'est que vous me laissiez jusqu'au matin. Encore une nuit dans la maison que j'ai partagée avec Florence. Ferez-vous au moins ça pour moi, docteur ? »

Tandis que j'acquiesçais, un peu hébété, il se détourna et commença à s'éloigner.

◆

Tôt, la matinée suivante, après une nuit misérable passée à me retourner en tous sens dans mon lit, aux prises avec ma conscience, je fus convoqué à l'édifice où se trouvaient les bureaux de l'usine, dans l'aile ouest de celle-ci. Je quittai donc l'hôpital et me hâtai de descendre Victoria Road en me demandant de quoi diable il pouvait bien s'agir. On m'introduisit bientôt dans un vaste bureau bien meublé, avec un épais tapis de Turquie, des lambris sombres et quantité de tableaux de paysages locaux accrochés aux murs. Derrière l'énorme bureau de teck se trouvait assis sir Titus Salt en personne, une figure encore imposante malgré ses années et sa santé déclinante.

« Docteur Oulton », dit-il sans lever les yeux des papiers devant lui. « Je vous en prie, asseyez-vous. »

Je me demandais ce qui lui avait fait franchir les douze milles qui séparaient la filature de Crows Nest, où il habitait. Il venait rarement à la fabrique, en ces temps-là.

« Je crois comprendre », dit-il de sa voix grave et impérieuse, toujours sans me regarder, « que vous avez enquêté sur les circonstances ayant entouré le décès de Richard Ellerby ? »

Je hochai la tête. « Oui, monsieur.

— Et qu'avez-vous découvert, je vous prie ? »

Après avoir pris une grande inspiration, je lui racontai tout. Tandis que je parlais, il se leva, croisa les mains dans son dos et se mit à arpenter la pièce, tête basse, de sorte que sa barbe grise touchait presque sa taille. Ses yeux et ses joues paraissaient creux, comme s'il avait été souffrant, mais sa présence dominait la pièce. Lorsque j'eus terminé, il se rassit et m'infligea un long silence avant de dire : « Et qu'allons-nous faire à ce propos ?

— La police devra être avertie.

— Pour l'instant, cependant, vous et moi sommes les seuls à connaître toute la vérité ?

— Et Jack lui-même.

— Oui, bien entendu. » Sir Titus caressa sa barbe. Je pouvais entendre la rumeur de la filature et sentir les vibrations des métiers mécaniques qui secouaient le bureau. C'était une journée chaude, et la pièce était étouffante. Je sentais la sueur qui s'accumulait sur mon front et ma lèvre supérieure. En regardant par la fenêtre, je pouvais voir le barrage où Richard Ellerby avait rencontré son trépas. « Ce n'est pas bon, dit enfin sir Titus, ce n'est pas bon du tout.

— Monsieur ? »

Il fit un geste du bras qui englobait tout Saltaire. « Ce que je veux dire, docteur Oulton, c'est que tout ça pourrait être fort malencontreux pour le village. Très. Avez-vous foi en cette expérience ?

— Cette expérience, monsieur ?

— L'expérience morale que constitue Saltaire.

— Je n'ai jamais douté de votre désir de faire le bien, monsieur. »

Sir Titus esquissa un mince sourire. « Une réponse fort révélatrice. » Un autre long silence s'ensuivit. Il se leva et recommença à arpenter la pièce. « Si quelqu'un va dans une taverne et se saoule tellement qu'il tombe dans une rivière et se noie, c'est un récit exemplaire pour tous, ne seriez-vous pas d'accord ?

— Oui, monsieur.

— Et si quelqu'un, après être allé dans une taverne, se fait suivre par un groupe de malandrins qui l'attaquent, le dévalisent et le jettent dans la rivière pour qu'il s'y noie, nous avons encore un autre récit exemplaire, n'est-ce pas ?

— Oui, monsieur. Mais Richard Ellerby n'a pas été dévalisé. »

Il eut un geste impatient. « Non, non, bien sûr. Je sais. Je ne fais que penser à voix haute. Veuillez pardonner cette faiblesse à un vieil homme. Cet endroit – Saltaire – est ce que j'ai de plus important au monde, docteur Oulton. Pouvez-vous le comprendre ? *Au monde*.

— Je crois pouvoir le comprendre, monsieur.

— Ce n'est pas seulement une affaire de profits, même si je ne nie aucunement qu'ils ne sont pas négligeables. Mais je crois avoir créé quelque chose d'unique. Je l'appelle mon "expérience", évidemment, mais pour d'autres, c'est là qu'ils vivent, et c'est un mode de vie. Ou du moins je l'espère. Mon but était de faire de Saltaire tout ce que Bradford n'est pas. Je l'ai conçu pour faciliter chez mes ouvriers l'amélioration personnelle, la décence, un comportement bien réglé et une bonne santé. Je voulais prouver que faire fortune n'était pas incompatible avec le bien-être matériel et spirituel des classes laborieuses. Je le voyais comme mon devoir, un devoir imposé par Dieu. Puisque le Seigneur me voit d'un œil si favorable, je dois considérer comme une obligation de regarder mes ouvriers de la même façon. Vous me suivez ?

— Oui, monsieur.

— Et maintenant voilà ce meurtre, cet assassinat, avec ou sans préméditation, appelez-le comme vous le voulez. Un bouleversement dans la nature des choses. Cela pourrait détruire la confiance qui en est venue à régner dans cette communauté. Vous vous rappelez sans doute les troubles que nous avons eus il y a quelques années autour de l'anthrax ?

— Oui, monsieur. » En 1868, un nommé Sutcliffe Rhodes avait rassemblé de nombreux partisans au village dans sa campagne contre l'anthrax, et toute l'affaire avait causé à sir Titus un embarras considérable. « Mais vous ne pouvez certainement pas vous attendre à ce que j'ignore ce que je sais, monsieur ? À ce que je mente ? »

Sir Titus eut un sombre sourire. « Je ne pourrais jamais demander à quiconque d'aller à l'encontre de ses convictions, docteur. Tout ce que je vous demande, c'est de suivre les commandements de votre propre conscience, mais en gardant à l'esprit, je vous en prie, les conséquences de votre décision. Si ce sujet refait surface, et surtout ainsi, nous sommes perdus. Personne ne *croira* jamais plus au caractère bienfaisant de Saltaire, et je voulais que ce soit un bon endroit, un endroit où il n'y aurait jamais aucune raison d'assassiner qui que ce soit. »

Il secoua la tête avec tristesse et laissa de nouveau le silence s'étirer. J'entendis soudain des hommes crier, dominant le bruit de l'usine. Quelqu'un martela la porte du bureau et se précipita sans cérémonie à l'intérieur. Je n'en étais pas sûr, mais ma première impression fut que c'était la même silhouette imprécise que j'avais vue dans la "tour d'espion".

« Sir Titus, dit l'intrus, toutes mes excuses pour vous déranger ainsi, mais vous devez venir. Il y a un homme sur le toit de la filature.»

Après avoir échangé un regard perplexe, sir Titus et moi, nous le suivîmes à l'extérieur. Je marchais avec lenteur, par égard pour l'âge de sir Titus, et il nous fallut plusieurs minutes pour faire le tour jusqu'aux jardins, d'où nous pouvions mieux voir.

L'homme se trouvait sur le toit de la fabrique, six étages plus haut, entre les deux petits dômes décoratifs. Je pouvais également distinguer dans l'un des dômes une autre silhouette, qui essayait peut-être de lui parler. Mais l'homme sur le toit ne paraissait pas écouter. Il se tenait à l'extrême bord et, alors même que nous regardions, il étendit les bras comme pour essayer de voler, ou de plonger dans une piscine, et il sauta du toit. Il sembla flotter en l'air un moment avant de s'écraser avec un bruit sourd dans la cour, à l'avant de la fabrique.

C'était une sensation curieuse. Je savais dans mon cœur que j'assistais à la mort d'un frère humain, mais toute la scène avait un caractère lointain. La silhouette était réduite à des proportions minuscules par la filature, d'abord, et ensuite, juste en face de nous, un chien grattait le sol, comme à la recherche de son os, et le gratta pendant toute la chute de l'homme.

Un ouvrier s'approcha en courant pour nous dire que c'était Jack Liversedge qui avait sauté du toit. J'éprouvais de nouveau cette sensation étrange, mais je suppose que, d'une certaine façon, je le savais déjà.

« Un accident et un suicide », marmonna sir Titus en me fixant de ses yeux aux orbites profondes. « C'est déjà assez terrible, mais nous pouvons y survivre, ne diriez-vous pas, docteur ? » Il y avait de l'espoir dans sa voix.

Je serrai les mâchoires. J'étais tenté de lui dire d'aller au diable, de lui dire que sa vision, son "expérience", ne valait pas qu'on mentît pour elle. Mais je voyais en face de moi un vieil homme malade qui avait au moins essayé de faire *quelque chose* pour ceux qui l'avaient enrichi. Que ce fût assez ou non, il ne m'appartenait pas d'en décider. Saltaire n'était pas parfait – la perfection n'est pas de ce monde –, mais il était meilleur que la plupart des autres villes manufacturières.

Je ravalai ma bile, adressai une brève inclinaison de tête à sir Titus et repris Victoria Road pour retourner à l'hôpital.

◆

Dans les jours et les semaines qui suivirent, j'essayai de poursuivre mon travail – après tout, les gens de Saltaire avaient toujours besoin d'un hôpital et d'un médecin –, mais après la mort absurde de Jack Liversedge, mon cœur n'y était plus. Le suicide dramatique de Jack avait brièvement démoralisé le village, il y avait eu des mines lugubres partout et quelques murmures de dissidence, mais en fin de compte on l'oublia, et les villageois se consacrèrent de nouveau à leur travail : tisser de fins lainages d'alpaga et de mohair à l'intention des gens assez riches pour se les offrir.

Pourtant, malgré mes efforts pour me convaincre de penser à autre chose et de continuer, je sentais que quelque chose manquait à la communauté désormais. Lorsque Jack s'était tué, c'était plus qu'un homme qui était mort.

Un jour, après avoir passé quelques heures épuisantes à soigner un trieur de laine qui se mourait de l'anthrax, je pris la décision de m'en aller. Un mois plus tard, après avoir arrangé mes affaires et aidé mon remplaçant à s'installer, je quittai Saltaire pour l'Afrique du Sud, où je finis par rencontrer la femme qui allait devenir mon épouse. Nous élevâmes nos trois enfants, et je pratiquai ma profession à Capetown pendant trente ans. Après ma retraite, nous décidâmes de retourner en Angleterre, où nous nous installâmes confortablement dans un petit village de pêche de Cornouailles. Mes enfants, adultes à présent et mariés, ont quitté la maison, ma femme est morte, et je suis un vieil homme qui passe ses jours à se promener sur les falaises au-dessus de la mer, en regardant les envols et les plongeons des oiseaux.

Et quelquefois le son des vagues me rappelle le rugissement du barrage de Saltaire.

Plus de quarante ans ont passé à présent depuis cette nuit le long du barrage, au cours de laquelle Jack Liversedge m'a avoué avoir tué Richard Ellerby.

Plus de quarante ans depuis qu'avec sir Titus Salt je
me suis tenu près des jardins pour voir le corps de
Jack tomber et se disloquer dans la cour de l'usine.

Quarante ans. C'est assez longtemps pour garder
un secret.

Au reste, le monde a tellement changé depuis,
que ce qui est arrivé à Saltaire, en ce jour si lointain,
semble de bien peu de conséquences aujourd'hui.
Sir Titus Salt est mort trois ans après la chute de
Jack, et son rêve avec lui. La mode a changé, les
dames ont cessé de vouloir des tissus aux couleurs
éclatantes que fabriquait sir Titus Salt. Son fils, Titus
Junior, s'est débattu avec le commerce jusqu'à son
propre décès, en 1887, et l'usine a été rachetée par un
consortium de marchands de Bradford. Aujourd'hui,
Saltaire n'est plus une expérience morale ni une
Utopie ouvrière. C'est seulement une autre affaire.

Et aujourd'hui, en juillet 1916, personne ne croit
plus aux utopies.

Parution originale : Murder In Utopia,
Crime Through Time III (ed. Sharan Newman),
Berkley, 2000.

SIGNE DES TEMPS

MARY JANE MAFFINI

Elle va me tuer.

C'est seulement une question de temps avant qu'elle n'y parvienne. Tout ce que je peux faire, c'est bricoler dans mon jardin tout en regardant par-dessus mon épaule dans l'attente du prochain assaut.

Ne croyez pas que je me fais des idées. Cette femme est capable de tout.

Voyez seulement son organisation sans faille du mouvement *Les Citoyens contre les centres de réadaptation*. Cela n'a-t-il pas tenu à l'écart du quartier tous ces individus marginaux ? On parle encore avec des murmures respectueux de sa croisade contre la présence des chiens dans le parc. Sa campagne pour éradiquer le stationnement dans les rues était aussi bien organisé qu'une milice, quoique peut-être un peu plus assoiffée de sang. Alors, vous voyez, je n'ai pas l'ombre d'un espoir. Est-ce juste, je vous le demande, pour quelqu'un qui a des pontages à toutes les artères et soixante-dix-huit ans de paisible existence derrière elle ?

J'étais peintre, autrefois. Maintenant, je me sers de fleurs pour mettre de la couleur dans ma vie.

Pour autant que je puisse m'en souvenir, il y a plus de dix ans que je me suis retirée dans l'intimité de mon jardin, seule mais non solitaire. Un jardin peut avoir ce genre d'effet. Je suis devenue efflanquée alors que j'étais mince, débraillée au lieu de bohème sophistiquée. J'ai décidé que c'était ainsi que je me préférais, comme mes fleurs, juste un peu désordonnée.

Les jours passent fort agréablement quand on a l'esprit occupé à décider où planter les tanaisies et comment empêcher les phlox d'envahir les lys.

Mon existence serait heureuse si seulement cette femme ne refermait pas sa nasse sur moi chaque jour davantage. Ce matin, alors que j'admirais le rose aimable des pivoines au soleil, j'entends la porte coulissante à triples vitres de sa terrasse, puis le cliquetis net de hauts talons dernier cri sur la plate-forme en cèdre qui fait de l'ombre à mon petit jardin. Mon cœur se met à battre à un rythme accéléré, une symphonie d'agitation nerveuse. Je me recroqueville derrière mes lilas français en espérant ne pas être vue. Pourquoi ne puis-je faire comprendre ses manigances à personne ?

« Mademoiselle Ainslie ! » beugle-t-elle, évoquant assez Wellington en train d'aligner sa brigade à Trafalgar, « il va falloir que vous fassiez quelque chose à propos de ce chien. »

Quoi encore ? Comment mon chien peut-il causer des problèmes ? Depuis que j'ai ramené Sam le Silencieux chez moi il y a cinq semaines, après l'avoir pris à la S.P.C.A., il n'est rien de plus qu'un gros tas de gratitude pantelante. Aimant et aimable. Pataud et dérouté. J'ai toujours conféré une grande valeur à l'aléatoire, une valeur moindre aux limites.

Aussi Sam le Silencieux me convient-il très bien. Madame Sybil Sharpe ne me convient pas du tout.

« Je n'ai pas de problème. » Je donne à ma voix une intonation assurée, et fausse : je suis bien contente d'être hors de portée de ses ongles fuchsia de cinq centimètres de long.

« Eh bien, moi, j'en ai un. Ce chien rend les gens fous. Si vous n'avez pas la moindre considération pour vos voisins, et je m'en suis déjà très bien rendu compte, vous constaterez que les règlements municipaux sont fermement de mon côté. »

Je ne vois vraiment pas comment Sam le Silencieux peut déranger qui que ce soit.

« Vous pouvez bien vous mettre les règlements municipaux fermement dans le derrière, quant à moi », dis-je, mais ma voix est assourdie par les lilas.

◆

Mon docteur me tapote la main. « Vous avez eu deux mauvais mois. L'essentiel, c'est de ne pas vous énerver et de vous en tenir à votre régime : force, flexibilité, cardio.

— Compris », dis-je.

Il ne croit pas que ma voisine est un sérieux danger pour la santé. Je lui ai expliqué qu'elle est plus létale qu'un caillot vagabond, plus insidieuse qu'un anévrisme attendant d'exploser, plus déterminée qu'un amas de cellules cancéreuses. Je sais de quoi je parle, j'ai réussi à repousser ces trois assaillants, mais seule madame Sharpe est capable de m'infliger des réveils brusques toutes les nuits à trois heures, le souffle court, le cœur tordu d'appréhension.

«Elle a envoyé une assistante sociale, vous vous rappelez? Elle disait que je n'étais pas capable de vivre seule.

— Et vivez-vous toujours seule?

— Pour l'instant.

— Je gage sur vous dans cette épreuve. Je me dis que vous êtes bien plus tenace que n'importe quelle voisine difficile. Et à propos de ténacité, parlons de vos exercices de résistance. Combien de répétitions?

— Vingt de chacun avec les poids de cinq livres.» Je lui jette un coup d'œil en biais pour voir s'il est dupe. Ces poids seraient sûrement faciles à lever en comparaison des sacs de fumier de mouton que je trimballe pour l'entretien printanier de mon jardin. Un substitut correct, à mon avis, mais je garde ces détails pour moi.

«Excellent. Et pour la flexibilité?

— Quinze minutes d'étirements, deux fois par jour.» Il semble prudent de ne pas mentionner que ça prend la forme de mouvements destinés à élaguer, couper les fleurs mortes et transplanter. On se courbe, on s'étire, on se relève…

«Très bien. Et le cardio?

— Je me suis trouvé un clebs à la S.P.C.A. Une petite marche rapide deux fois par jour.» Ce n'est pas la meilleure forme de vérité, puisque je manque à préciser que Sam le Silencieux n'a plus que trois pattes et qu'il est aussi aveugle qu'une taupe. Le tirer jusqu'à la borne d'incendie la plus proche, c'est plutôt un travail de force que du cardio.

Il émet un gloussement en secouant la tête. «Ça ne me surprendrait pas de vous voir dans la course de dix kilomètres, un de ces jours.»

Une fois de plus, j'ai échoué à le convaincre du danger présenté par madame Sharpe. C'est le pro-

blème, quand votre docteur se souvient de vous
comme de la prof de dessin de son enfance. Il
passera sa vie à penser que vous avez tendance à
colorer les choses selon vos propres idiosyncrasies.

« Je parie toujours sur vous, mademoiselle Ainslie.
Toujours. » Il sourit. Moi non, car j'ai encore perdu
une autre ronde. *Madame Sybil Sharpe : 1. Mademoiselle Callista Ainslie : 0.*

Alors que je suis à la porte de la clinique, il me
lance : « Vous vivrez jusqu'à cent ans. »

Ça m'étonnerait. Et je n'aurai même pas droit à
une enquête, j'en suis sûre. Pas mal clair pour le
médecin légiste. Vieille femme de soixante-dix-huit
ans, convalescente après quadruple pontage et énorme
mélanome en rémission, a piqué du nez dans ses lys
après une crise cardiaque. Les efforts secourables
d'une bonne voisine sont malheureusement arrivés
trop tard. La grosse bouille de madame Sharpe
occuperait presque toute une page du cahier "Notre
Ville" du journal local, avec des complaintes quant
à la lenteur avec laquelle les ambulanciers arrivent
dans notre communauté. Je peux le voir comme si
j'y étais.

◆

L'agent de contrôle de la faune me prend par
surprise. Je me concentrais pour trouver exactement
le bon endroit où replanter le romarin maintenant
que l'ombrage du patio de madame Sharpe a volé
le soleil du côté ouest de mon jardin.

« Désolé de vous déranger, dit-il, mais nous avons
une plainte au sujet de votre chien, là.

— Ce chien-là ? Vous êtes sûr ?

— Je crois bien, madame.

— Quel genre de plainte ?

— Aboiements excessifs. »

J'éclate d'un rire amusé. « Vous devez faire erreur. »

Il plisse le front. « Vous êtes bien mademoiselle Callista Ainslie ?

— Oui.

— Et ce chien est bien le vôtre ?

— En effet. Je vous présente Sam le Silencieux. »

Sam se sent pris d'une immédiate sympathie pour l'agent, et nous avons du mal à nous entendre parler dans le bruit que fait sa queue en frappant le sol. Je donne ma version de l'histoire, en prenant bien soin d'insinuer que madame Sybil Sharpe est folle comme un putois et deux fois plus mal embouchée. Outre l'insinuation, j'ai un fait essentiel de mon côté.

L'agent est impressionné. « Un chien qui n'aboie pas ? Je ne peux pas dire avoir jamais entendu parler de ça.

— Ne vous gênez pas pour vérifier mon histoire à la S.P.C.A. D'après sa feuille de route, Sam a subi une opération il y a quelques années, pour ne plus aboyer. »

L'agent se penche afin de gratter Sam derrière les oreilles. « Brave vieille bête. Avec une queue comme ça, qui a besoin d'aboyer ? »

Je me détends un peu. « Mieux qu'un système d'alarme. »

L'agent jette un coup d'œil aux alentours. « Joli quartier.

— Dans le temps, oui.

— Vous avez un merveilleux jardin. »

Je l'ai échappé belle, mais je ne suis pas assez stupide pour croire que cette victoire mineure distraira bien longtemps madame Sharpe.

◆

Il fut un temps où j'aurais fait appel au soutien de mes voisins. Mais les plus vieux sont en Floride ou en train de moisir dans un trou quelconque d'asile pour vieillards. Quant aux autres, ils cèdent aux pressions implacables des promoteurs. Les nouveaux voisins manifestent maintenant une certaine tendance à reculer dans leur entrée dès qu'ils me voient. Leur expression suggère que madame Sharpe a répandu le bruit que je suis une espèce de version âgée d'un antéchrist femelle, avec le chien des Baskerville comme accessoire.

J'ai essayé en vain de repérer le moment où tout a changé. Tout ce que je sais, c'est que le quartier se dégrade très vite. Les bungalows de l'après-guerre et les duplex des années cinquante ont été aplatis sous la propagation des maisons de briques, des appartements en mitoyenneté tout en hauteur et des machins qu'on appelle "lofts". Là où les enfants sautaient à la corde et jouaient au hockey de rue, il y a de gros véhicules pataus qui bouchent la vue. Au lieu des rires qui traversaient les clôtures, j'entends maintenant le frou-frou de mallettes en cuir et les sonneries de petits téléphones.

L'embourgeoisement, on appelle ça. Les agents immobiliers contemplent nos propriétés, les dernières qui restent, avec des signes de piastres dans les yeux.

Ça, je peux le tolérer. C'est seulement madame Sharpe qui rend les choses plus qu'intolérables. Ce soir, elle a une lueur combative dans le regard tandis qu'elle vitupère contre l'envahissement des mauvaises

herbes, comme elle les appelle, venues de mon jardin.
C'était vilain de ma part de planter de la menthe si
près de la limite commune à nos deux jardins, mais
j'ai tiré un certain plaisir de la voir se glisser dans
l'herbe bleue du Kentucky si bien entretenue par
madame Sharpe. Je me délecte des taches brun-rouge
qui apparaissent sur le cou de celle-ci lorsqu'elle
repère la touffe la plus récente.

◆

La femme envoyée par les promoteurs affiche
une paire de bottes en python. Comme c'est ap-
proprié ! Elle manifeste une sympathie feinte pour
le sort des personnes âgées abandonnées dans la
jungle urbaine de plus en plus dangereuse et hostile.
Elle doit vouloir parler de moi. Ses yeux dissimulés
sous ses paupières à demi baissées la trahissent. Je
ne suis pas dupe. Je sais de qui je suis la proie.

Elle aimerait aider, dit-elle. M'emmener loin de
tout ceci. Me procurer assez d'argent pour m'offrir
une place dans une résidence pour retraités. Elle a
justement sous la main des dépliants publicitaires.
Pas de soucis. On s'occupe de vous à longueur de
journée. Des infirmières. Les repas pris en commun.
Le bingo. On trouverait évidemment une bonne
famille pour Sam le Silencieux. Je suis fascinée par
la façon dont sa langue darde entre ses lèvres tandis
qu'elle raconte son histoire. Avec un air de sainte-
nitouche, elle fait référence à la somme que je
pourrais me voir offrir pour ma petite propriété
déchirée par les hostilités. Je suis censée me sentir
bien chanceuse.

Je demande, toute innocence : « Qu'est-ce qui
vous a conduite chez moi ?

— C'est un marché en pleine expansion. Nous gardons l'œil ouvert.

— Il y a une excellente propriété juste à côté. » Je désigne l'étalage immaculé de la maison de madame Sharpe. « Très belle vue de la rivière depuis les étages supérieurs. À mon avis, votre acheteur pourrait la trouver intéressante. »

Les lourdes paupières se ferment, s'ouvrent. Qu'est-ce que cela veut dire ? Ce soi-disant promoteur, pourrait-ce n'être nul autre que mon ennemie d'à côté ?

« C'est votre maison qui m'intéresse.

— Pour quelle compagnie travaillez-vous, déjà ?

— C'est une compagnie à numéro, je ne peux pas le divulguer.

— Vraiment ?

— C'est sans importance. Devinez ce qu'ils ont décidé d'offrir, siffle-t-elle.

— Une pomme ? »

◆

Mon jardin qui pousse n'importe comment doit certainement offenser madame Sharpe. Mais la logique me dit que c'est la maison elle-même qui lui fait ainsi sortir les yeux de la tête. Ce n'est pas le genre à apprécier le retroussement sexy des tuiles du toit, les trous dans les moustiquaires qui font signe aux chauves-souris aventureuses et les jolies planches grises décolorées par les intempéries sous la peinture qui s'écaille. Je n'aurai pas les moyens de repeindre correctement avant deux ans. Il peut ne plus y avoir de planches d'ici là – elles semblent avoir plus de problèmes de santé que moi.

Si seulement je m'étais comportée comme une personne sensée pendant ma vie active, au lieu d'aller me promener à l'étranger un an ou deux chaque fois que mes économies couvraient le prix d'un billet. Une personne sensée bénéficierait de la pleine retraite d'une enseignante. Et n'aurait pas à choisir à présent entre un buisson de nouveaux rosiers grimpants et de la peinture pour la maison. Entre réparer le toit ou installer un nouveau bassin du côté est. Une nouvelle serrure pour la porte d'en arrière ou un nouveau chien comme compagnon. Mais si j'avais été sensée, je n'aurais pas été moi. J'espère maintenant que je pourrai continuer à être moi pendant quelque temps encore.

Je vérifie toujours les prix de la peinture chez Decker. Il y a là d'autres réguliers, dont des jeunes gens à l'allure dangereuse qui traînent devant l'étalage de Krylon.

Je suis dans mon jardin, à débattre si je vais prendre avantage des bons soldes offerts par Decker sur les peintures prémélangées. Il n'y a pas deux couleurs qui se ressemblent même vaguement ; et il y en a quelques-unes dont on penserait qu'elles ne peuvent pas appartenir au même spectre. J'aime bien. Je crois que l'effet global ressemblerait assez au fameux manteau de saint Joseph, le manteau aux mille couleurs.

Je me suis presque convaincue qu'escalader ma vieille échelle en bois pourrait être considéré comme un exercice de flexibilité et qu'un pinceau suffisamment lourd serait une amélioration de ma routine avec les poids.

Je ne peux pas le faire, évidemment, parce que ces couleurs exubérantes écraseraient les nuances subtiles des hostas et des astilbes du côté est, tout en faisant une concurrence déloyale aux rudbeckias et aux roses trémières violettes du côté ouest.

◆

Oh, elle est bien assez aimable quand elle veut quelque chose. On croirait que je suis sa vieille tante favorite, à la réunion du comité de quartier qu'elle a mis sur pied pour combattre les graffitis. Elle est partie sur le sentier de la guerre dès le premier sifflement de bombe à peinture. La tolérance au graffiti est le signe d'une communauté en déclin, déclare-t-elle, et elle l'extirpera, même s'il faut tuer quelqu'un pour ça. Je ne voudrais pas être un de ces jeunes expressionnistes si jamais elle leur tombe dessus. Madame Sharpe ne fait pas de prisonniers.

Un jeune policier s'est vu attribuer la tâche de nous expliquer le phénomène des graffitis. Nous en apprenons beaucoup à cette réunion. Le graffiti n'est pas dépourvu de sens. Il consiste en des messages territoriaux et des menaces de sévices physiques. Nous apprenons qu'il florit là où les jeunes sont marginalisés et manquent de débouchés positifs pour leur temps libre. Je pense immédiatement au hockey de rue.

Il nous dit que certains graffiteurs de la ville sont simplement des jeunes créatifs qui font des concours entre eux. J'entends un reniflement sec de la part de vous savez qui. Mais, en tant qu'ex-enseignante en arts plastiques, je donnerais une très bonne note à certains des échantillons qu'il nous présente. Nous apprenons tout un tas de choses sur les tags, qui sont des signatures, sur "bomber", qui signifie couvrir une large surface de son œuvre, et sur "brûler", qui signifie dominer la concurrence par son style. L'enseignante en moi est impressionnée par plusieurs dessins.

Madame Sharpe plonge de toute évidence le jeune policier dans la plus profonde panique. Il desserre son col de chemise en expliquant pour la troisième fois pourquoi on ne peut pas appeler 911 chaque fois qu'on voit un bout de graffiti sur une boîte à lettres. Il essaie sans cesse d'échapper à madame Sharpe. Je pourrais lui dire que ce n'est pas facile.

Elle a l'intention d'expédier une pétition à notre représentant au Parlement, afin qu'on s'occupe sérieusement du problème. Le policier, après s'être raclé la gorge, explique que le vandalisme est déjà bien couvert par le Code criminel. Si j'étais un législateur, je commencerais à regarder par-dessus mon épaule.

Je n'ai rien à perdre, en réalité, alors je lève la main. « Est-ce que c'est vraiment grave, un peu de graffiti ? On ne peut pas simplement peindre par-dessus et laisser aller ? »

Madame Sharpe jaillit de son siège. Son visage a la couleur de mes clématites. Violet, c'est joli pour une plante grimpante, mais chez un être humain, ce n'est sûrement pas très sain. « Est-ce grave ?!? C'est la pente fatale qui mène à des bas-quartiers surpeuplés et infestés par la drogue. Ce n'est rien de moins que le viol de notre quartier. Je me sens quant à moi violentée chaque fois que je vois un graffiti. Et nous devons penser à notre investissement. Encore un peu, et nous serons environnés de taudis. » Le regard qu'elle me lance indique à tous qui sera probablement le sujet de la prochaine réunion de quartier.

«Oh, alors, bon», dis-je.

◆

Et quoi encore? J'aurais dû m'attendre à la visite de l'agent veillant au respect des règlements sur les propriétés. Je n'avais pas réalisé que les fenêtres cassées étaient de leur ressort. Évidemment, je n'avais pas non plus réalisé que j'avais une fenêtre cassée. Mais elle l'était. La petite, tout en haut. Ce qu'on aurait appelé, de mon temps, la lucarne. Comment a-t-elle bien pu être cassée? Il n'y avait même pas de branches alentour. Et aucun enfant ne joue à la balle dans mon jardin, là où madame Sharpe pourrait lui sauter dessus. Personne ne peut même voir cette fenêtre. Je lève les yeux. Eh bien, depuis la vaste terrasse de ma voisine, on la voit très bien… Et il y a autre chose de plus intéressant encore. Quiconque se déplacerait discrètement dans mon jardin avec l'intention d'y causer des dommages serait complètement invisible. Cette femme pourrait détruire mon jardin et l'arrière de ma maison, et personne ne s'en rendrait compte.

Je sens mon aorte qui tressaille. Même l'odeur du viburnum ne suffit pas à me calmer.

L'agent ne pense pas réellement que ma maison puisse être considérée comme une propriété aban-donnée, même si les charnières de la barrière sont un peu déchaussées. Il me fait confiance pour réparer la fenêtre. Il n'estime pas que mes fines herbes puissent être considérées comme de la mauvaise herbe. Mais sa visite m'a quand même perturbée. Score: un partout.

◆

Évidemment, j'aurais dû être plus vigilante. J'accepte ma part du blâme.

Comment a-t-elle réussi à libérer Sam le Silencieux ? Peut-être a-t-elle utilisé de la viande hachée pour l'attirer, et qu'il était trop aveugle et trop déconcerté pour retrouver le chemin de sa nouvelle maison ? Et dans l'incapacité de se faire entendre ? Je suis envahie de pensées noires. Soixante-dix-huit années sans chien, et maintenant je peux à peine m'en passer pour quelques heures. Peut-être cela ne vaut-il pas la peine de rester dans cette maison.

◆

Je suis à la recherche de Sam le Silencieux, à bien des pâtés de maisons de chez moi, quand cela arrive. Le trottoir a connu des jours meilleurs dans ce quartier-ci, qui en est encore à la phase "avant" de l'embourgeoisement. Le soleil s'est couché quand je prends conscience d'être suivie. Par quelqu'un de rapide et de costaud. Ça n'arriverait jamais si Sam était avec moi. madame Sharpe sera victorieuse si un agresseur me zigouille.

Il est à ma hauteur à présent, il marche vite, la tête basse. Va-t-il me pousser dans un buisson ? me jeter dans l'allée proche ?

Je n'ai rien à perdre à lui tenir tête.

« Vous constaterez que je suis capable de me défendre, lui dis-je. J'en sais gré à l'entraînement avec les haltères.

— Hein ? » Ce n'est qu'un adolescent, cet agresseur, encore tout dégingandé, avec des mains et

des pieds qui attendent d'être rattrapés par le reste
de son corps. Il a tellement d'anneaux sur la figure !
Mais il n'a pas l'air plus heureux de me voir que
moi de le voir. Ça doit être mon allure antéchrist.

Il répète : « Hein ?

— Je cherche mon chien, lui dis-je. Il joue à se
cacher derrière un de ces buissons et il faut que je
l'amène vite fait chez le vétérinaire, je crois qu'il
est enragé. »

Ça semble surprendre le gamin et il laisse tomber
une canette, qui dégringole et roule avec fracas sur
le trottoir, pour perdre son élan près de ma chaus-
sure. Je suis assez flexible pour me pencher et la
ramasser.

« Laissez donc », dit-il.

Il en est à se dandiner d'un pied sur l'autre. Il
exsude la culpabilité. Je me rappelle très bien cette
expression de mes années de classe. Il a fait quelque
chose. Je regarde derrière lui. Et bien sûr.

Un emberlificotis de lignes noires.

« Quel chien vous cherchez ? Le même que celui
que vous aviez au magasin de peinture ? »

Le magasin de peinture, mais oui, c'est là que je
l'ai déjà vu, ce garçon. En train de se procurer les
outils de son métier. « Oui, le même.

— Je l'ai vu il y a deux rues. Il avait l'air perdu. »

◆

Je trouve Sam là où le petit graffiteur l'a suggéré.
Si je ne meurs pas de joie en cet instant, peut-être
bien que je vivrai éternellement.

◆

Sam me réveille en me poussant du nez avant l'arrivée du camion des pompiers. Ma petite maison est pleine de fumée. Je m'étouffe en toussant tandis que nous franchissons la porte d'entrée pour nous précipiter dans la rue. Les voisins commencent à sortir de leurs maisons pour le festival son et lumière.

J'ai vraiment du mal à respirer. Les ambulanciers m'administrent de l'oxygène. Ils veulent m'emmener à l'urgence. J'ai eu plus qu'assez de voyages dans des ambulances lancées à pleine vitesse. Je ne veux pas laisser mon chien. « Ça me tuera, je leur dis. Mes héritiers vous feront un procès, je vous assure. »

Ils sont polis mais fermes. Comme tous les agents de contrôle que j'ai vus, ils font seulement leur boulot.

Ambulance, oui. Chien, non.

Je repère madame Sharpe avec son peignoir éclatant enroulé autour de sa vaste taille. Elle observe toute l'affaire depuis le seuil de sa porte. Derrière le masque de la voisine inquiète, je soup-çonne un rictus souriant aux aguets. Je me demande comment elle a allumé ce feu.

Peut-être que je m'imagine simplement le sif-flement et l'allure serpentine…

Nous sommes dans une impasse, les ambulanciers et moi, jusqu'à ce que l'un des pompiers murmure qu'il prendra Sam jusqu'à ce que je sois revenue chez moi. C'est contraire au règlement, alors ce devra être notre petit secret. Il a quelque chose de familier, ce jeune homme. Il ressemble beaucoup à un garçon que j'ai eu comme élève. Un Kevin, peut-être ? Un autre fauteur de troubles. La bonne mentalité pour combattre des incendies. Mais j'ai enseigné à tant de garçons. Qui peut dire ?

◆

Une casserole laissée sur le poêle à bois, me dit le jeune pompier quand il me rend mon chien. J'ai de la chance que le dommage ait été limité à de la fumée. Deux minutes de plus, et qui sait ?

« Intéressant, lui dis-je. Je ne touche jamais au poêle à bois. Vous croyez que c'était une casserole qui se faisait cuire elle-même ? »

Il me tapote la main. « Peut-être avez-vous besoin d'un peu d'aide à la maison. » Je déchiffre le message implicite. La mémoire qui flanche. Un danger pour elle et pour les autres.

Je souris d'un air accommodant. « Je suis très bien toute seule. Je viens d'acheter un excellent nouveau système d'alarme. Il me suffirait d'avoir trop chaud dans mes habits et il se déclencherait ! » Je ne le dérange pas en lui parlant de madame Sharpe, ou de la femme-serpent, ou de la porte de côté, qui n'a jamais vraiment bien fermé. Je l'ai réparée maintenant, de toute façon.

Je sais ce qu'il me faut réellement.

J'explique à Sam : « Ce qui ne nous tue pas nous rend plus fort », tandis qu'il s'occupe de la viande hachée reçue pour bons et loyaux services. Il me regarde avec l'air de dire : alors, ça sera quoi ?

◆

C'est mon meilleur essai. Cela me rappelle les jours de gloire où je pouvais réellement vous lancer de la peinture sur un canevas. Et quel canevas ! Un vaste et accueillant champ de couleur crème. J'utilise

tous les symboles de graffitis dont je peux me souvenir. Peut-être que j'exagère un peu avec les effets
de nuages. Le résultat est une œuvre pleine de fureur
et de menaces en langage imagé. Ça me prend
presque toute la nuit, mais ça en vaut la peine. Qui
aurait pu savoir comme tout ce jardinage m'a aidée ?
La force des bras tenant les pots de peinture, le pas
sûr et rapide pour monter et descendre l'échelle et
prendre d'autres couleurs, la capacité de m'allonger
pour tirer parti de l'étendue majestueuse de ce mur…

« J'appelle ça "Le manteau de Joseph" », dis-je
à Sam le Silencieux. Il bat bruyamment de la queue
en signe d'approbation.

Bien qu'exténuée, je me sens tellement mieux
quand j'ai terminé ! Je comprends pourquoi les
gamins le font. L'euphorie est une drogue à laquelle
on peut devenir accro.

Le lendemain matin, je me lève tard. Tout ce que
j'ai à faire, c'est admirer mon travail. Je mets une
pochette de ce merveilleux "Red Zinger" à infuser
dans la théière, et je m'installe confortablement dans
le vieux fauteuil Muskoka pour jouir du soleil et
attendre le feu d'artifice.

C'est peut-être le battement de la queue de Sam
qui attire madame Sharpe et lui fait franchir la porte
de sa terrasse. Peut-être veut-elle simplement regarder
ma petite maison d'un sale œil en préparant sa prochaine stratégie.

Je lui lance : « Bonne matinée ! Je crois que vous
aviez raison quant au viol du quartier.

— De quoi parlez-vous ?

— Regardez derrière vous. Je crois qu'il doit y
avoir un nouveau gang en ville. »

Elle porte une main à sa gorge en prenant conscience de l'énormité du manteau de Joseph.

J'ajoute : « Je vois vraiment ce que vous voulez dire par "viol". »

Madame Sharpe semble se livrer à une sorte de petite danse. Pas du tout dans ses habitudes. Je sirote mon Red Zinger en observant. Mais que se passe-t-il ? Elle s'agrippe la poitrine en émettant des gargouillements. Elle glisse sur la terrasse. Son pied martèle bizarrement les planches de cèdre. Suis-je la seule à l'entendre ? On dirait bien.

Je finis mon infusion et consacre toute mon attention aux iris de Sibérie, dont la floraison est à son apogée. Ensuite, je planifie où je pourrais dégrossir les lys et donner un air encore plus ébouriffé au bout de terrain dénudé, près de la clôture. Les mangeoires à oiseaux ont besoin d'être remplies. Les impatientes veulent de l'eau. Je pourrais dégrossir et replanter ces touffes de perce-neige.

Tout cela prend du temps.

Le martèlement semble durer une éternité. Puis tout est calme sur la terrasse.

Score final : Artistes : 1. Serpents : 0.

« Eh bien », dis-je à Sam le Silencieux après que nous nous sommes taillé une pièce de la gloire matinale. « Nous sommes voisins, après tout. Peut-être devrions-nous appeler du secours. »

Parution originale : Sign of the Times,
Fit to Die (ed. Joan Boswell and Sue Pike),
RendezVous Crime, 2001.

Prix Arthur-Ellis 2003

Tout au fond

James POWELL

Faith Clifford était en train de lire, assise dans un fauteuil en plastique sur le petit patio de briques, devant la porte de la cuisine. C'était une femme maigre, la quarantaine dépassée, avec des lunettes et des cheveux coupés court. Elle espérait retrouver un peu de couleur grâce à la faible lumière du soleil, avant de retourner en ville, le lendemain, pour son travail d'enseignante ; elle avait étendu une couverture sur ses jambes afin de se protéger de la fraîcheur automnale.

Son père poussa bientôt la double porte de l'épaule, une chaise de cuisine dans chaque main. Il secoua négativement la tête lorsqu'elle fit mine de se lever pour tenir la porte. Faith savait qu'il était sorti pour avoir de la compagnie. La mort soudaine de sa mère, Clara, deux ans plus tôt, avait fait de lui un homme bien seul, et il portait toujours son deuil. « Clarabelle », c'était ainsi qu'il l'avait nommée dès le début, avant même que son frère aîné, Arthur, ne lui fît la cour. « Clarabelle », parce qu'elle enseignait dans une école proche et secouait une cloche à la main pour appeler les enfants à la fin de la récréation.

George Clifford était un homme solidement charpenté qui, à soixante-treize ans, commençait à afficher la voussure fréquente chez les personnes âgées. Il s'assit, croisa les chevilles et ferma les yeux.

Quand il se fut installé, Faith lui jeta un coup d'œil. Elle n'avait jamais été proche de son père. C'était en tout un homme très égocentrique, sauf en ce qui concernait son épouse, qu'il adorait. Son visage, quoique à présent ridé autour de la bouche et aux joues creuses sous la barbe naissante, offrait encore les traces de l'homme séduisant qu'il avait été. Lorsque le vent effleurait ses cheveux blancs un peu longs et le col de sa chemise de flanelle, Faith imaginait la main de sa mère, qui les arrangeait toujours.

Sans Clara, Faith et son père avaient peu de choses en commun. Il n'était pas plus intéressé à son travail ou à sa vie citadine qu'elle ne l'était à ses fusils anciens ou à sa chasse – il utilisait encore de la poudre noire pour ses armes. Mais quand elle le pouvait, elle revenait à la maison en voiture pour la fin de semaine, afin de voir comment il allait et de ranger un peu la maison pour lui. Jusqu'à un certain point, c'était un homme qui aimait l'ordre – il gardait une longueur d'avance sur les plats, les pots et les poêles sales. Mais il n'allait pas se donner du travail supplémentaire. Il revenait à Faith de s'occuper des rideaux et des fenêtres, de retourner les matelas, de passer l'aspirateur sous les lits et de nettoyer les boiseries. Elle faisait bien volontiers cet effort pour lui.

La rivière scintillait à travers les arbres, de l'autre côté de la voie de chemin de fer. Au-dessus des arbres pointaient les collines de l'autre rive, noircies de suie.

Des années plus tôt, l'eau de la ville venait d'un réservoir alimenté par une source, dans ces collines, par l'intermédiaire d'un conduit posé au fond de la rivière. Deux fois par an, monsieur Evans, l'employé de la compagnie des eaux chargé de la maintenance, l'inspectait sur toute sa longueur, la tête couverte d'un casque de plongeur en acier alimenté en oxygène depuis une barque qui flottait au-dessus de lui comme un nuage. Aujourd'hui, l'eau provenait d'un puits artésien. Le casque de plongeur était posé sur un socle dans les bureaux de la compagnie des eaux, et il apparaissait dans ses en-têtes de lettre. Le père de Faith avait été le dernier à le porter.

George Clifford était entré au service de la compagnie dès sa sortie du secondaire. Certains disaient que c'était parce que monsieur Evans avait signifié son intention de se retirer. Le père de George, un avocat, avait été furieux et l'avait traité de jeune imbécile à la tête dure. Et Faith se disait que son père avait peut-être regretté sa décision, en fin de compte. Après le neuvième voyage de George au fond du lit de la rivière, la compagnie avait foré le puits artésien aux limites de la ville et vendu le terrain des deux rives à un promoteur. Ce n'était plus guère un travail si on n'avait pas à porter le casque de plongeur, et moins encore quand les compteurs à eau avaient été installés et que George n'avait eu qu'à arpenter la ville une fois par mois en notant les chiffres dans un registre. Mais à ce moment-là, son frère Arthur était mort, et George avait épousé sa Clarabelle.

Du plus loin que Faith pouvait se le rappeler, son père avait été un homme silencieux, aux aguets, qui gardait ses pensées par-devers lui. Ce n'était qu'en compagnie de sa femme qu'il retrouvait sa langue. Clara était le centre de son existence, et son estime était tout pour lui. Aussi, quand elle s'était plainte que, lors des réunions de famille, il restait dans un coin aussi muet qu'un Indien de marchand de cigares, il y avait considérablement réfléchi. Puis, s'inspirant d'un cousin qui faisait toujours les mêmes tours avec des bouts de ficelle, à ces réunions, et de la tante Helen, qui chantait des extraits de comédies musicales en s'accompagnant au piano, George Clifford s'était créé un répertoire de longues histoires compliquées, à forme fixe, que les réguliers avaient fini par connaître par cœur parce qu'il les répétait mot pour mot et geste pour geste.

Tantôt, il se recroquevillait sur lui-même en se frottant les mains au feu que son grand-père avait allumé l'hiver où ils s'étaient perdus dans les bois. Tantôt, il les mettait en coupe pour protéger l'allumette imaginaire qu'il avait partagée avec son frère Arthur. « La toute dernière cigarette d'Arthur, à jamais », ne manquait-il jamais de commenter. Longtemps après que George Clifford eut cessé de fumer – Clara avait décidé que c'était une habitude malodorante et contraire à l'hygiène –, il faisait encore une pause à cet endroit de l'histoire pour inhaler profondément et, ensuite, essuyer la cendre de cigarette sur son genou.

Une fois, alors qu'elles nettoyaient ensemble les assiettes, la mère de Faith avait souri en lui disant : « Ton père les a répétées, ses histoires. Je l'ai vu déambuler dans le jardin, en arrière, en remuant les lèvres, en agitant l'index pour appuyer un argument, en levant une main pour exprimer sa stupéfaction devant la taille de la perche que mon oncle Trevor avait attrapée quand il a gagné le concours de pêche, en 1939.»

Si difficile cela fût-il à croire, son père avait même transformé la mort de Clara en histoire, en se servant de Faith pour la raconter. Un bruit de chute au milieu de la nuit l'avait fait sortir en courant de la chambre à coucher. «Et voilà ma Clarabelle étendue au pied de l'escalier, morte, le cou cassé.»

Leur médecin de famille, qui avait constaté son décès, avait bien dit qu'il l'avait prévenue : son médicament contre la tension pouvait causer des étourdissements. Mais George Clifford écartait toujours les paroles du docteur Krauss d'un revers de main. «Ce n'est pas la tension qui lui a fait tourner la tête, insistait-il. C'est sa façon de toujours aller fouiller dans le passé. Ce qui est fait est fait. On ne peut rien y changer.»

Puis il tendait ses poignets serrés, comme demandant à être attaché : «Non, ce qui l'a tuée, à dire la vérité, c'est l'homme qui vous parle en cet instant. Alors allez-y, enfermez-moi et jetez la clé. Mais avant, écoutez ce que j'ai à dire.

«Vous savez tous comment était ma femme. Elle désirait toujours la perfection. Mais on ne peut pas avoir la perfection dans une maison, et sûrement pas dans une vieille maison. De fait, et ma savante de fille le confirmera, au Moyen-Orient, les gens pensent que rien n'est parfait, sinon leur Allah. Alors les constructeurs, là-bas, ont une tradition : ils laissent toujours inachevée une petite partie du bâtiment, par respect pour la perfection divine.

«Bon, Clarabelle avait toute une liste de choses qu'elle voulait me voir faire, et la dernière, mais non la moindre, c'était... » – il levait un doigt significatif et ajoutait en prenant un peu une voix de fausset : « … George, ne répareras-tu donc jamais la planche qui grince, en haut de l'escalier ? »

« Et donc, avec le temps, j'ai effectué toutes les réparations qui se trouvaient sur sa liste, continuait George Clifford. En gardant la planche qui grinçait pour la fin. Je ne le lui ai même pas dit. Je voulais que ce soit une surprise. C'était une erreur. C'est ma faute. » Il se cognait doucement la poitrine du poing. « À mon avis, voici ce qui est arrivé. Elle s'est réveillée pendant la nuit et elle est allée dans la cuisine sans prendre la peine d'allumer la lumière pour se faire une tasse de thé. Nous ne le faisions jamais, pour ne pas nous réveiller mutuellement. Dieu sait que c'est une maison assez petite. Ce n'est pas comme si on allait s'y perdre.

« Quand elle n'a pas entendu la planche grincer, elle a dû penser qu'elle n'était pas encore rendue à l'escalier. Elle a fait un pas de trop et elle est tombée. » Il baissait la tête. « C'est ma faute. Je suis coupable. »

Assise sur le patio avec sur les genoux le livre qu'elle avait oublié, Faith songea à quel point les histoires de son père différaient de celles que sa mère avait coutume de lui raconter à l'heure du coucher. Quand Faith connaissait une histoire par cœur, sa mère y introduisait des petites modifications – un quatrième Petit Cochon, un Petit Chaperon Vert, un Chat en Escarpins. C'était un jeu auquel elles jouaient. Faith était censée remarquer les changements et obliger sa mère à raconter correctement les histoires.

Mais les histoires de son père ne changeaient jamais, même si, dans les dernières années, une mémoire un peu défaillante lui en faisait parfois perdre le fil. Il s'arrêtait en pleine phrase, devenait aussi pâle qu'un acteur ayant oublié sa réplique et fronçait les sourcils jusqu'à ce qu'il l'eût retrouvé.

Une fois, en visite à la maison, Faith, dans la cuisine, avait cru entendre des voix au salon. Pensant qu'ils avaient de la visite, elle avait posé le torchon et était entrée pour dire bonjour. Son père se tenait assis là, seul, en train de raconter à une pièce vide comment il s'était perdu dans les bois avec son grand-père.

À son retour dans la cuisine, sa mère avait expliqué : « Il en oublie tellement qu'il a commencé à répéter de nouveau. Il veut les savoir parfaitement, ses histoires. Pour demain, la réunion avec ta tante. » Elle souriait, comme si elle avait trouvé attendrissant l'effort de son époux ; Faith se rappelait encore ce beau sourire.

George Clifford décroisa ses chevilles puis les croisa de nouveau et, tout à trac, déclara : « C'est par un jour comme celui-ci que mon frère Arthur a trouvé la mort. »

Faith reprit son livre. Il commençait toujours l'histoire de cette façon, quels que fussent le climat ou la saison. De fait, ç'avait été au printemps. Arthur et Clara devaient se marier en septembre, quand il aurait fini l'université. Elle continuerait à enseigner pour l'aider à payer ses études en médecine.

« Quand j'étais petit, continua son père, il y a longtemps, avant qu'on ait inventé la collecte des ordures, les gens allaient simplement les jeter dans la rivière, au bout de la rue, comme leurs parents avant eux. » Il se frotta la paume de la main. « Bon débarras, des déchets sans utilité. La crue de printemps emportait tout ça. La rivière n'était pas un

endroit bien pour se promener, à l'époque, à cause
de tous ces rats. Mais personne ne pouvait nous
empêcher d'y aller tout le temps, Arthur et moi. Et
quelquefois, après une crue, on gagnait de l'argent
de poche en trouvant des canards de bois et en les
rendant à leurs propriétaires. Je ne parle pas de
canards en plastique. Qui inscrirait son nom sur un
de ces machins ?

« La crue avait été tardive, cette année-là. Un
samedi après-midi, comme c'était les vacances de
printemps pour Arthur, à l'université, et que j'avais
une demi-journée de congé de la compagnie, on a
décidé de descendre jeter un coup d'œil à la rivière.

« Il y avait un endroit qu'on aimait bien, près
d'un coude. Avec la crue, ça faisait nettement plus
qu'un kilomètre et demi de large. Dans les arbres,
ça coulait lentement. Mais près de la rive opposée,
là où c'était le plus profond, l'eau se précipitait avec
son chargement d'arbres et de troncs, et ces barils
de métal avec lesquels on construit des quais. On
en avait le tournis rien qu'à regarder.

« Les arbres de la rive, en général, c'est plus en
branches qu'en racines, ça dégringole vite, en entraî-
nant ses voisins. Alors il y avait ce fouillis d'arbres
morts qui s'étalait sur peut-être cent, deux cents
mètres de là où on était, avec les branches du bout
qui flottaient dans le courant. Et prise dedans, il y
avait la proue d'une yole qui s'était détachée de
quelque part, s'était retournée sur le dos comme
une carapace de tortue et avait fini par arriver là.

« "George-Porge", a dit Arthur en se servant de
mon surnom de quand on était petits, "cette barque
a mon nom écrit dessus !" Il a sauté sur deux minces

troncs d'arbres et, un pied de chaque côté, il a commencé à aller par là.»

Il fallut à Faith un moment pour comprendre pourquoi elle avait levé les yeux de son livre. Son père avait oublié un détail, le moment où il partageait une allumette avec son frère pour allumer la cigarette de celui-ci, le moment où il essayait de persuader Arthur de ne pas prendre le risque d'aller récupérer la barque.

Elle ouvrit la bouche pour le reprendre, mais la referma pour écouter cette étrange et nouvelle histoire.

« Il n'avait pas fait deux mètres, continuait son père, qu'un sapristi de gros arbre arrive dans le coude de la rivière comme un bateau fonçant toutes voiles dehors. Ensuite, il se bloque dans quelque chose sous l'eau et vire d'un seul coup. Arthur l'avait vu venir et il était retourné d'un bond sur la rive. L'arbre a bien déménagé six mètres de bois mort. Quand il a continué son chemin, la yole avait disparu. Deux minutes plus tôt, et Arthur aussi aurait disparu.

« Alors que nous restions là à regarder cet arbre disparaître au loin, je me suis dit que la vérité est plus bizarre que la fiction. L'histoire que j'avais concoctée, c'était qu'il était allé récupérer une série de canards de bois. Mais une yole, c'était mieux.

« "Il est temps de rentrer", il a dit. "Pas encore", j'ai dit en suivant mon plan. "J'ai quelque chose à te montrer." Alors il a haussé les épaules et il m'a suivi.

« Un peu en amont, nous sommes arrivés aux terrains de la compagnie. J'ai conduit Arthur dans les broussailles, vers ce bunker en ciment, enterré

dans le sol, avec une échelle en fer qui menait à la
valve de fermeture de la conduite d'eau, pour le
réservoir de l'autre côté de la rivière. Il y avait une
lourde porte de métal en travers. J'ai déverrouillé
le cadenas, j'ai poussé la porte et j'ai pointé un
doigt dans l'obscurité: "Regarde", j'ai dit. Quand
il s'est penché pour voir, j'ai attrapé un morceau de
tuyau que j'avais caché dans les mauvaises herbes.
"Regarde quoi?" il a dit en commençant à se redresser. C'est là que je l'ai frappé avec le morceau
de tuyau, à la nuque, de toutes mes forces. Il n'a
plus bougé après s'être aplati au fond du bunker.

« J'ai reverrouillé la porte et j'ai couru en ville.
Je leur ai parlé de la barque, de l'arbre qui était
arrivé du coude de la rivière et qui avait emporté
Arthur. Ils ont trouvé la yole après, accrochée dans
un autre obstacle. Lui, ils ne l'ont jamais trouvé,
même pas quand le niveau de l'eau a baissé et qu'ils
ont pu faire des recherches dans les mares et les
remous, là où les cadavres ont tendance à refaire
surface.

« Le dimanche, tôt dans la matinée, j'ai transporté
son corps plus loin en amont et je l'ai enterré.
Pauvre Arthur. Ça ne porte pas chance d'en vouloir
trop. Il voulait devenir médecin et, en plus, il voulait
ma Clarabelle. »

Clifford se tut alors et sembla s'assoupir.

Faith resta assise, pétrifiée d'horreur. Jusqu'au
dernier instant, elle aurait pu nier la vérité de cette
nouvelle version d'une histoire si souvent racontée.
Mais elle connaissait l'amour obsessionnel que son
père avait porté à sa mère. Elle pouvait l'imaginer
capable de tuer quiconque aurait essayé de la lui
prendre. Et pourquoi pas Arthur, donc, qui lui faisait

obstacle ? Un samedi, cinquante ans plus tôt, le vieil homme aux jambes étendues qui se trouvait près d'elle avait tué son propre frère. Son père était un assassin.

Comme s'il avait perçu ses pensées, Clifford releva brusquement la tête. Tel un homme effrayé d'avoir énoncé tout haut de sombres pensées, il se tourna vers elle pour voir si elle l'avait entendu. Son regard plein de confusion se durcit quand il vit les yeux de Faith fixés sur lui.

« Tu rêvais », dit-elle – le regard de son père avait aussitôt suscité ce mensonge. « Tu as dit le nom de maman. Tu as dit "Clarabelle". »

Clifford se détendit, en respirant mieux. Il hocha la tête. « Elle n'est jamais bien loin dans mes rêves », dit-il en ajoutant : « Ce soleil est chaud quand le vent tombe. » Il se réinstalla à son aise et referma les yeux.

Dans un moment, se dit Faith, résolue, elle allait se lever et retourner dans la maison. Elle ferait sa valise, elle lui laisserait un petit mot, un prétexte ou un autre, et elle retournerait en ville. Et elle ne reviendrait jamais plus.

Mais alors qu'elle refermait son livre, le vent revint effleurer les cheveux de son père, et elle pensa de nouveau à sa mère. Elle se rappela une autre visite à la maison, juste avant la mort de celle-ci. Clara avait paru déprimée et distraite pendant ce séjour. Une fois, alors qu'elles se trouvaient toutes deux dans la cuisine et son père sur le patio, se parlant à lui-même, Faith avait hoché la tête pour le désigner du menton : « Il répète encore », avait-elle dit en espérant susciter le beau sourire dont sa mère avait autrefois récompensé l'effort de son époux. Sa mère avait détourné très vite les yeux, mais Faith y avait lu une morne désolation.

Faith sentit croître en elle une horreur renouvelée. Et si la véritable histoire qu'elle venait d'entendre avait échappé auparavant à son père, en présence de sa mère ? Comment George Clifford l'aurait-il supporté, que sa Clarabelle sache qu'il avait assassiné Arthur ?

Faith ne retourna pas dans la maison. Elle resta là, assise, tandis que son père se cherchait une position plus confortable. Puis, en s'efforçant de conserver une voix égale, elle demanda : « Papa ? » Il poussa un vague grognement. « Raconte-moi encore comment maman est morte. »

Parution originale : Bottom Walker,
Ellery Queen's Mystery Magazine, 2002.

DU BOIS MORT

GREGORY WARD

Il y avait un temps, au tout début des années 70, avant que les baby-boomers ne s'emparent du domaine, avant les agences-boutiques, avant la génération X et MTV, avant un trillion d'images à la seconde… un temps où le mot « publicitaire » désignait un type comme moi ou mes amis, Paul Abernathy et Bill Bleuth. À cette époque-là, ce n'était vraiment pas un type du genre de Timothy Everett.

Faisons *une longue pub courte*, même au risque du cliché, et disons qu'Everett était ce qui serait décrit bien des années plus tard comme un *yuppie* – « young upwardly mobile professional », un jeune professionnel parti pour la gloire. Je suis sûr que vous vous rappelez l'acronyme, mais en mars 1970, quand il est arrivé à l'agence comme superviseur de budgets pour les marques de Nabisco, c'était une nouvelle race. Quoique « parti pour la gloire », ce n'est peut-être pas tout à fait juste, pour décrire un missile balistique.

Enlevez cigarette Rothmans, insérez bâtonnet de carotte. Remplacez la confortable Grand Marquis (la mienne était une voiture de fonction, cuir et air

conditionné) par un féroce vélo italien à dix vitesses.
Ôtez le martini... de fait, supprimez entièrement le
charmant concept du déjeuner d'affaires et surim-
posez l'image de la bouteille d'eau et de la salade
de luzerne sur le bureau d'Everett, les jours où il ne
joggait pas pendant son repas de midi.

Ce bureau, où il accumulait des heures de travail
inhumaines, était un autel dédié à la propreté et à
l'ordre, sous le regard de sa femme et de sa fille, lu-
mineuses, des blondes couleur de miel, joue contre
joue. Aucun mal à ça, assurément ; on aurait même
pu l'applaudir, dans une agence comme Aylmer,
peuplée de vieux cons lubriques comme Paul, Billy
et moi, pour la retenue et la froide efficacité qui mar-
quaient toutes ses relations avec les employées de
sexe féminin. Mais le problème, c'était qu'il parlait
à tout le monde avec la même intonation intense et
basse, sans humour, sans jamais un mot de trop. Nous
savions qu'il était venu de chez un client, une grosse
firme pharmaceutique montréalaise, un profil qui
lui convenait parfaitement bien : il avait l'air aussi
stérile, froid, dur et dangereux qu'une seringue hypodermique.

C'est cette... précision, je suppose, oui, c'est ce
que je mettrais en premier dans la liste des raisons
qui alimentaient nos craintes, à Paul, Billy B. et moi.
Venaient ensuite ses journées de quatorze heures,
suivies logiquement par les Nouveaux Clients qu'il
avait commencé à empiler, suivis, non sans logique
non plus, par le fait que dès le début du mois d'août
il jouissait de toute l'attention de Frank Aylmer
Junior.

Frank Junior était l'héritier du trône d'Aylmer.
Aussi fondamentalement conservateur que son pa-

vous le dire : il voit qu'on est ici et qu'Everett est à
l'agence en train de bosser, c'est ce qu'il voit. Il
voit le futur de la pub dans ce type.

— Ce connard, a dit Billy. Il me fout les boules,
Everett.

— Je ne dirai pas le contraire, a repris Paul. C'est
une machine. Mais vous savez ce qu'on dit sur les
machines qui volent les emplois. »

Le silence est tombé, embarrassé et inhabituel, et
je l'ai brisé : « On doit faire quelque chose à propos
d'Everett. » Ça sonnait faiblard.

« Ah oui, alors, a dit Billy.

— Il est trop parfait, ai-je dit. Il doit y avoir
quelque chose qui cloche.

— Oui, a dit Paul avec malice. Il se ronge les
ongles.

— Mais qui le remarque ? » a demandé Billy avec
agitation. « Peut-être qu'il se fourre les doigts dans
le nez et bouffe sa morve. Il faut déterrer...

— Oublie ça, a dit Paul, Aylmer est un commerce,
pas le MI5.

— Vous vous rappelez ce client qu'on avait, dans
la sécurité ? ai-je dit. Équipement d'alarme dans les
maisons, voitures blindées...

— Sécuritex ? a dit Paul en fronçant les sourcils.

— Wally Tapp est parti, il est rendu dans le privé.
Je pourrais l'appeler, lui faire déterrer quelque chose.
C'était un gars de la police montée.

— Tu t'accroches à des fétus de paille, a dit
Paul. Ce qu'on a besoin de regarder, c'est nous.
Nous-mêmes. Trop gras, et on fume bien six paquets
de clopes par jour à nous trois. » D'une inclinaison
de tête, il a désigné le verre de Billy. « C'est ton
deuxième Manhattan, et on n'a même pas encore
été servis.

— Eh, regarde qui parle, avec ton martini, là !

— Ce que je dis, c'est que je suis comme toi, Don aussi. Et les clients aussi, je veux dire les bons vieux gars chez Molson et Canadian Tire qui nous renvoient des appréciations positives. On est un club. On remonte au temps où les voitures avaient des ailerons. Bon Dieu, nous, on a des ailerons ! On sort tout droit de la foutue vase primordiale ! »

Après avoir allumé une Rothmans, il a caressé son verre. « Dans le club, ça n'a pas d'importance que tu sois seulement un contrôleur de budgets correct, Billy, mon gars. Le fait que tu lèves à peine une fesse de la journée est entièrement éclipsé par ton humour chaleureux au bar-lounge du *Windsor Arms*, quand arrive l'heure de l'apéritif. »

Billy a reniflé dans son Manhattan, sans savoir s'il devait être content ou offensé, et il a raté le coup d'œil que m'adressait Paul en levant son verre.

« Au club, a dit Paul. Aux cadres moyens d'âge moyen d'un peu partout. À ceux qui ont perdu leur curiosité et presque toutes les fonctions de leur foie en faisant leur devoir. La misère aime la compagnie !

— Je ne me sens pas misérable », a dit Billy, déclinant le toast.

« Attends un mois ou deux, a dit Paul. Ça s'appellera "Aylmer & Everett" et, une fois le vieux parti, ils feront du débroussaillage.

— Très bien, ai-je dit en me redressant. On est adaptables. On va commencer tout de suite. Regardez-moi, les gars. Dès que notre jolie petite serveuse revient avec mon bifteck d'aloyau, je lui commande de l'eau minérale et je lève mon verre au futur de la foutue publicité. Vous vous imaginez que je suis trop fier pour ça ?

— Grande gueule, a dit Paul. N'importe qui peut *commander* de l'eau. La question, c'est : as-tu assez de couilles pour *boire* cette saloperie ? »

Je peux nous entendre rigoler tandis que la serveuse apportait les steaks. Ils étaient particulièrement bons cet après-midi-là, je me rappelle, et le vin aussi, un Cabernet aussi lourd que Billy Bleuth. Les vendredis chez *Jimmy's*, Dieu les bénisse. Et très souvent, les vendredis, si nos agendas le permettaient (et souvent quand ce n'était pas le cas), nous avions un rituel : il fallait que l'un d'entre nous regarde sa montre autour de… disons… deux heures et demie ou trois heures de l'après-midi, et déclare : « Ça vaut presque pas la peine de retourner à la boutique, hein ? »

Ce jour-là, c'était mon tour, et je ne m'attendais pas du tout à la réaction de Paul. Il y a eu comme un petit hoquet de silence, et puis Paul m'a regardé sans la moindre trace de son ironie habituelle, en disant : « Chouette idée, hein, d'avoir une boutique où ne pas retourner ?

— Hein ? » a fait Billy.

Ce n'était pas une remarque spécialement originale ni incisive, j'en ai entendu de bien meilleures de Paul dans mille présentations et mille salles de conférences. Mais l'effet en a quand même été profond : nous ne sommes pas allés en ville cet après-midi-là, au *Windsor Arms* ou ailleurs. J'étais de retour dans mon bureau à quinze heures, et j'ai regardé des lignes irrégulières de texte qui dérivaient de manière aléatoire sur mon écran, des tables démographiques Nielsen. Normalement, j'aurais été en train de combattre une lassitude née de l'alcool et d'une digestion difficile, en attendant la cloche libératrice, mais la colère m'a gardé éveillé, ce jour-là. J'étais d'accord avec Paul, l'idée de Sécuritex était l'effort désespéré d'un homme qui glissait dans l'abysse en se retenant par le bout des ongles, mais j'ai quand même appelé Wally Tapp – juste par colère. Je ne l'avais jamais tellement aimé, mais j'ai pris plaisir à lui donner l'adresse chic d'Everett dans High Park, et à repiquer tout ce que j'ai pu de son CV au bureau du personnel, même s'il y avait là-dedans des trous curieux. J'ai décidé de ne pas dire aux autres que j'étais passé aux actes et, tout en m'entendant avec Wally pour son salaire horaire, je me suis rendu compte que j'étais tout à fait disposé à payer de ma propre poche.

J'aurais pu faire d'autres appels avant de revenir chez moi, des amis, d'anciens collègues, d'autres agences, j'aurais pu faire des approches, planifier pour le jour où la hache tomberait. Mais j'étais trop furieux pour les compromis. Je me trouvais très bien où j'étais. J'aimais mon confortable bureau d'angle avec fenêtre, j'aimais l'emplacement, pratique par rapport à Leaside où j'habitais, pratique pour la proximité de *Jimmy's* à l'heure du déjeuner. Et puis, me chercher un job aurait paru une trahison, ce jour-là, parce que j'aimais surtout Paul Abernathy et Billy Bleuth, et les agences, en ce temps-là ou maintenant, que je sache, n'ont pas tendance à engager des trios de superviseurs de budgets.

Il faisait complètement noir quand je me suis levé pour prendre mon manteau. Il neigeait, déjà quelques centimètres sur le rebord de la fenêtre. J'avais eu l'intention de faire mettre les pneus d'hiver sur la Marquis, et j'ai jeté un coup d'œil à

Eglington pour voir comment était la rue, mais avec les lampes fluorescentes derrière moi, je ne pouvais distinguer que mon reflet. J'ai pensé à ce que Paul avait dit, nous voir par les yeux de Frank Junior, et j'en ai eu un bref aperçu, juste avant le déclenchement de la dénégation habituelle, le filtre que nous utilisons tous pour nous cacher l'évidence. J'ai entraperçu un homme de quarante-cinq ans, trop gros, trop sédentaire, qui paraissait dix ans de plus. Un homme au potentiel gaspillé, dont Frank Senior avait dit autrefois : « Vous êtes un battant, Don, vous serez bientôt directeur des comptes. »

Encore dans les patates, le vieux.

Je m'étais trop longtemps attardé dans la facilité. Il y avait des taches de bouffe sur mon costume et, pourtant, j'avais raté la mangeoire. Si je pensais au moment présent comme à un pont entre présent et futur, ce pont était sur le point de s'effondrer. Et pis encore, de nous trois chez *Jimmy's* cet après-midi-là, j'étais le seul à m'y tenir. Billy Bleuth était en sécurité parce qu'il n'avait pas encore atteint le pont ; Frank Junior le garderait sans doute parce que Billy était un type assez simple pour accepter d'être rétrogradé, et qu'il connaissait les ficelles du métier. Paul Abernathy était en sécurité aussi : plus intelligent que moi, il avait déjà traversé le pont, se trouvait déjà dans le futur où son esprit flexible et son intelligence rapide lui permettraient de retomber sur ses pieds.

Le milieu, c'est la malédiction des types comme moi, doués de juste assez d'intelligence pour voir qu'ils ne sont pas assez intelligents. J'étais le type au milieu du pont, et quand la hache de Frank Junior s'abattrait, quand le pont commencerait à s'effondrer, c'est moi qui me casserais la gueule.

Mais l'aveuglante lumière de ma raison n'était pas un projecteur, elle avait un faisceau plus étroit. J'ai eu beau me percevoir assez clairement cette nuit-là, je n'ai rien vu pour annuler la certitude que mon prochain trépas chez F. H. Aylmer était la faute de Timothy Everett. Depuis son arrivée, je détestais son air anémique, sa lugubre efficacité, mais je ne pouvais plus me laisser retenir par aucune circonspection : c'était *lui* que je détestais, avec chaque fibre terrorisée de mon être. Et c'est pourquoi, une semaine plus tard, j'ai pensé avoir reçu un don du ciel.

Si seulement j'avais mieux examiné le cachet de la poste !

◆

Au second étage d'Aylmer, il y a une salle qui fait partie du département de la recherche, où nous accueillons des groupes-tests. Pour le quidam ignorant, ce sont des groupes de consommateurs, une douzaine en général, des individus appartenant au groupe-cible, démographique et socio-économique, qu'un client donné vise pour un produit ou une publicité. En d'autres mots, les cobayes. Les gens de la recherche avaient affaire à ces groupes dans cette pièce confortable tandis que nous prenions des notes, entassés dans une petite salle adjacente étroite et surchauffée (nous l'appelions « la Glacière »), en observant par une fenêtre constituée d'un miroir à deux faces, pour que les cobayes ne nous voient pas et ne se sentent pas gênés.

Ce jour-là de la mi-janvier, nous avions une session pour Duncan Hines, ma marque la plus active à l'époque. Un groupe de femmes au foyer, vingt à quarante-cinq ans, revenu moyen, diplôme secondaire ou plus, qui devaient essayer un nouveau mélange à gâteau. Nous n'avions d'abord été que deux dans le Glacière, Geoff Pringle, le type qui écrivait les pubs pour ce client, et moi. On se gondolait en observant l'hilarité salace avec laquelle les dames accueillaient un produit intitulé « Moist 'n Easy » – littéralement « humide et facile » –, un nom que Duncan Hines a fini par changer. Mais dix minutes après le début de la session, j'ai eu la dérangeante surprise de voir la porte de la salle d'observation s'ouvrir sur Timothy Everett.

Il l'a refermée sans bruit – il faisait tout sans bruit – pour se glisser dans le plus éloigné des trois fauteuils disponibles.

« Je croyais qu'Errol Hillman allait venir », lui ai-je murmuré. Errol était mon patron direct, le directeur des comptes pour la marque.

Everett ne m'a pas regardé. Il s'est contenté de secouer très légèrement la tête de droite à gauche, une seule fois, déjà occupé à gribouiller dans son carnet à spirale.

« Vous êtes sur Duncan Hines, maintenant ? » ai-je encore soufflé.

Un léger hochement de tête, en haut, en bas.

« Errol a été transféré, alors ?

— Taisez-vous, s'il vous plaît. »

Bon, si Geoff Pringle avait été de mes amis, ou si ç'avait été à peu près n'importe quel costard trois pièces de mon étage, ç'aurait été différent. On se serait simplement lancé un coup d'œil en arquant les sourcils pour dire : « Et c'est qui, cette andouille ? » Mais Geoff était du département Création, ce qui aurait aussi bien pu être un autre univers, et la rebuffade d'Everett a eu exactement l'air de ce qu'elle était. « Taisez-vous », en soi, aurait invité une protestation ; y ajouter « s'il vous plaît » le poussait juste en dehors de l'offensant. Je ne pouvais rien, à part avoir l'air d'un stupide subordonné aux yeux de Geoff.

Je me rappelle, j'ai pensé que la chaleur était intolérable dans cette petite boîte. J'avais du mal à respirer, plus encore à me concentrer sur le groupe. Je ne m'étais jamais trouvé si proche d'Everett, ni pendant si longtemps, une proximité forcée qui me pétrifiait sur mon siège. On aurait dit qu'il remplissait la pièce, un grand homme blond, la mi-trentaine en pleine forme, avec sa mâchoire carrée et ses cheveux blond sable, le genre de peau à taches de rousseur qui rougissait sans doute au soleil, des lèvres minces qui avaient l'air de devoir gercer facilement. On aurait dit que cette chaleur sèche, brûlante, émanait de lui, comme de pierres dans un sauna. Je ne pouvais le voir de face, mais je pouvais regarder de biais ses mains tachetées de son, larges, puissantes, avec des buissons de poils blonds sur les phalanges, affairées avec un crayon et un carnet. J'ai remarqué que Paul avait raison, les ongles d'Everett étaient rongés presque jusqu'à la pulpe des doigts, un défaut bizarre dans une autodiscipline de fer par ailleurs.

Je n'ai jamais été claustrophobe, mais ce jour-là, quelque chose s'est emparé de moi que je n'avais jamais éprouvé auparavant. Il a fallu environ dix minutes. La pièce étroite et sombre s'est mise à tourner lentement, puis de plus en plus vite jusqu'à ce que battre des paupières n'y change plus rien.

J'ai complètement fermé les yeux pour essayer de
mettre fin au mouvement, je me suis senti tomber
en avant au ralenti – je dirais bien « tomber en
pâmoison », si ça ne faisait pas tellement victorien
– et ensuite, j'ai senti une main me secouer un peu
le bras, celle de Geoff.

« Eh, mec, eh, ne va pas nous piquer un rou-
pillon, là ! »

J'ai jeté autour de moi un regard affolé, j'ai vu
l'expression amusée de Geoff d'un côté, et de
l'autre, à ma gauche, de la part d'Everett, un regard
d'un vide si profond que j'ai compris, à cet instant
précis, que j'avais cessé d'exister pour lui et, par
association, pour Frank Aylmer Junior.

De la colère, un reproche, et même de la pitié…
ça aurait laissé filtrer un petit rayon d'espoir. Mais
comme c'était, j'ai vu que le feuillet rose de mise à
pied n'était plus qu'une simple formalité. Une
question de jours, et peut-être même d'heures.

J'avais un besoin pressant d'aller aux toilettes.
De me passer de l'eau froide sur la figure, de boire
un verre, juste une petite gorgée du remontant médi-
cinal extra-fort que je gardais dans un tiroir de mon
bureau. J'ai réussi à me lever et à me rendre à la
porte d'un pas vacillant, en bousculant Everett du
coude au passage, sans le vouloir. Pas de réaction,
mais il réagirait sûrement d'une façon ou d'une
autre pour Pringle après ma sortie, peut-être son
premier sourire de l'année, une pitié feinte, et il y
aurait une explication pour Geoff, une phrase, à
propos d'un «déjeuner bien arrosé». Il y aurait une
entrée dans le carnet, le lieu et l'endroit exacts de
la transgression, comme munition pour Frank Aylmer
Junior au moment de l'entrevue ultime. Je savais

maintenant pourquoi Everett avait été transféré
dans le compte Duncan Hines, pourquoi il était venu
à la Glacière : pour m'incriminer, pour rendre une
condamnation absolument certaine.

Quand j'ai pensé la session terminée, je suis
retourné chercher ma mallette dans la Glacière.
Encore en proie au vertige, j'ai jeté un coup d'œil
par la porte entrebâillée pour m'assurer que la
pièce était vide, et je me suis glissé à l'intérieur
avant de voir, à travers le miroir, que le groupe était
encore en train de se disperser. Everett s'y trouvait,
plongé dans une grave discussion avec Pac McLean,
la responsable de la recherche qui avait géré la
session.

Les femmes ne se pressaient pas de partir, mais
elles ne plaisantaient plus ; j'ai remarqué qu'on se
lissait avec soin les cheveux derrière les oreilles,
qu'on lançait des regards dérobés dans ma direction
– vers le miroir. J'ai vu une jeune femme séduisante,
à la périphérie du groupe, qui se passait nerveuse-
ment la langue sur les lèvres en s'efforçant de ne
pas regarder du côté d'Everett. Les micros du système d'observation étaient encore activés, et j'ai
entendu distinctement une des femmes plus âgées
qui lui disait à mi-voix, en se dirigeant vers la porte :
« Il ressemble à Robert Redford ! » La plus jeune a
souri avec timidité, et son joli visage s'est empourpré.
Oui, ai-je pensé en tendant la main pour prendre
ma mallette, il ressemble à Robert Redford, comme
une silhouette en carton pour la pub dans un foyer
de cinéma lui ressemble – un découpage inanimé.

Je me suis détourné pour partir, mais je me suis
arrêté en voyant le carnet d'Everett retourné sur la
surface de travail, en dessous de la fenêtre. Je l'ai pris.

Il n'y avait rien là à mon propos, même si je n'ai pas examiné les notes rapidement écrites. Ce que je voyais, c'était, sur la page en face, un dessin habile, au crayon, de la jolie jeune femme nerveuse qui se trouvait à présent à quelques centimètres du miroir, en train de prétendre qu'elle arrangeait son bandeau dans ses cheveux blond miel tout en surveillant les dernières participantes qui disparaissaient à la porte. Une fois seule avec Everett, elle s'est tournée vers lui.

« Hello, monsieur Everett.

— Comment tu as trouvé le groupe ?

— C'était bien de te voir au travail, a-t-elle dit en souriant. Je suis fière de toi.

— Pourquoi ? Je ne…

— Sois heureux d'avoir des admiratrices. » Son sourire s'est fait espiègle. « On m'a dit que tu ressembles à Robert Redford, comme si j'avais besoin de me le faire dire. » Elle a presque couru vers lui, bras tendus pour les lui jeter autour du cou, mais il l'a tenue à bout de bras.

« As-tu appris quelque chose ?

— Le sexe fait vendre ?

— Ne sois pas idiote.

— *Moist 'n Easy* permet de faire des super-brownies au haschich ? »

Il l'a lâchée en reculant d'un pas, l'air soudain sombre. « On va changer le nom.

— Oh, allez, a-t-elle dit avec douceur. Enlève ta chemise de crin. Au moins quand tu es avec moi. » Elle lui adressait un regard implorant, et comme cela n'amenait aucun changement dans l'expression d'Everett, elle a relevé le menton. « On a toujours rendez-vous ce soir ?

— Ma chérie…

— Pour l'amour du ciel, la vie est faite pour être vécue. Tu es un être humain.

— Je ne lui ai pas dit que nous nous voyons.»

Elle s'est rapprochée d'un pas, et cette fois il ne l'a pas arrêtée quand elle a tendu une main pour lui caresser la joue. « C'est mieux pour l'instant. On était d'accord avec ça. Elle a besoin de me voir comme une amie. Une alliée. Quelle heure, ce soir?

— Dix-neuf heures, a-t-il dit, misérable.

— Eh, je pourrai te cuisiner quelque chose.

— On peut commander.

— Non, a-t-elle insisté. Je veux le faire.

— Il faut que je revienne au bureau plus tard. Je ne pourrai pas rester plus d'une heure et demie.

— Je viens te prendre?

— Non, j'irai à bicyclette.

— Quoi, tu t'imagines qu'elle a des espions ici?

— Je partirai autour de moins le quart. Tu as ta clé?»

Elle a hoché la tête et, alors qu'elle se tournait vers la porte, j'ai eu l'impression qu'elle m'était familière. Elle a dû contourner Pat McLean qui revenait dans la salle.

« Savez-vous si Don a eu la bande?» a demandé celle-ci à Everett en rassemblant les paquets et le reste du matériel de la session.

« Je ne crois pas », a dit Everett, les yeux fixés sur la porte déserte.

«Geoff, alors, probablement», a dit Pat.

J'ai pensé «probablement pas», en regardant les grosses bobines qui tournaient encore sur le plateau du Teac, dans le panneau de contrôle, et qui continuaient d'enregistrer.

J'ai vu Everett se diriger vers la porte, se rappelant sans doute son carnet, tandis que, les doigts tremblants dans ma hâte, j'arrachais les bobines de leur support, tout en me demandant déjà où je pourrais bien les recopier, au département de Production, puis en couper la toute fin avant de rendre la bande à Pat McLean. Je n'avais pas à y réfléchir, je savais, grâce à l'instinct le plus puissant d'un être humain – l'instinct de survie – que je devais garder ça pour moi.

◆

J'ai appelé à la maison pour dire que je resterais tard au bureau, et j'ai passé le reste de mon après-midi à mon bureau, à regarder l'horloge. À 18 h 25, j'ai entendu qu'on appelait Everett par l'interphone. À 18 h 30, on l'a encore appelé, et j'ai commencé à m'inquiéter. Était-il déjà parti ? L'avais-je manqué ? J'étais derrière la porte de mon bureau, décrochant mon manteau de sa patère et fouillant dans les poches à la recherche des clés de ma voiture, quand le téléphone a sonné. J'ai failli ne pas répondre.

« Eh bien, mais le voilà ! Content de vous avoir attrapé au vol.

— Je ne peux pas maintenant, Wally. En tout cas, je pensais que vous ne m'appelleriez pas ici.

— J'ai téléphoné chez vous. Votre femme m'a dit que vous travailliez tard. Pour faire bien dans les livres, hein, Donny ? J'aurais cru que vous étiez au bar, à cette heure-ci ! »

Il y a peut-être un avantage, après tout, à ne pas boire avec des clients. Un jour ils deviennent des ex-clients, avec qui on peut être amené à traiter des affaires sérieuses.

«Je serai chez moi dans deux heures, je lui ai dit. Rappelez-moi à vingt-deux heures. Je dois filer.

— Vous allez adorer, il a dit, c'est de l'or pur pour vous. Bingo! Vous savez qu'il travaillait pour une compagnie pharmaceutique? Pas exactement l'employé modèle. Je veux dire, ce type ne s'est pas simplement fait virer.»

Il avait piqué mon intérêt. «Quoi donc?

— Je croyais que vous deviez filer.

— Allez, qu'est-ce que vous avez?

— Je ne l'ai pas simplement eu de la compagnie, Don. Je causais à un vieux copain de la police, même si c'est une info publique si on se donne la peine d'aller chercher. Écoutez, si votre copain Everett n'était pas allé à la même école privée que Frank Aylmer, il ne se serait pas approché à cent mètres de ce boulot. Le type est en probation, bon sang!

— Vous êtes sérieux? Pour quoi?

— Je le sais. Dites-moi que je suis un génie.

— Oh, allez, Wally. Pour quoi?

— Vingt-deux heures, ça me va très bien. Je vous appelle, ou vous m'appelez. Alors, je suis un génie?»

C'était un connard, mais ça ne m'a pas empêché de chantonner tout du long en me rendant à l'ascenseur et en traversant le foyer, les doigts croisés pendant que je sortais par l'arrière de l'édifice pour me rendre dans le stationnement – comme si j'avais eu besoin de plus de chance ce soir-là!

Car la bicyclette d'Everett se trouvait bel et bien à sa place habituelle, enchaînée à un support au rez-de-chaussée du parking. Je passais à côté tous les soirs en roulant vers la sortie: un phare d'un jaune éclatant, un rappel quotidien qu'Everett travaillait plus longtemps que moi, qu'il était plus jeune, plus mince, plus en forme, plus rapide. Pourtant, le vélo avait toujours l'air vulnérable dans la lumière de mes phares. Chaque soir, je pensais à le heurter en conduisant ma Grand Marquis vers la sortie ou à reculer dedans par accident, l'écrasant contre le pilier de béton ; j'en récolterais à peine une éraflure sur le pare-chocs de la Mercury.

Le rez-de-chaussée n'était pas éclairé, à l'exception d'un lampadaire de la rue, mais c'était suffisant pour voir Everett partir à 18 h 52, une silhouette accroupie pour ouvrir le cadenas, accrocher ses pinces aux jambes de son pantalon et se redresser en relevant la fermeture éclair du parka passé par-dessus la veste de son costard.

« Prends ton temps », ai-je murmuré tout haut dans la voiture obscure. Chaque instant renforçait mon excitation, un niveau d'énergie que je n'avais pas connu depuis des années. Une impression d'assurance qui avait été absente pendant tous les misérables mois de sa présence chez Aylmer.

J'ai pensé à la photographie dans son cadre, sur son bureau immaculé, sa femme souriante et sa lumineuse petite fille le regardant grignoter ses germes de luzerne. Comme un lapin.

Oh oui, vraiment, madame Everett, juste comme un lapin ! Si seulement vous saviez !

Cette austérité acharnée, ces sèches relations avec les collègues, cette façon de nous regarder de haut, moi, Paul, Billy, depuis ses sommets d'impeccable moralité. Alors que j'en étais venu à le considérer comme une sorte de monstre, ce soir, enfin, je ne pouvais même pas le voir comme un hypocrite : c'était trop merveilleux, merveilleux à en taper sur le tableau de bord, de savoir qu'il n'était, après tout, qu'un autre connard imprudent.

Mon connard imprudent à moi !

J'avais de la peine, en le suivant dans l'avenue Eglington, puis vers l'est dans la circulation peu abondante, à ne pas accélérer pour arriver à sa hauteur et crier par la fenêtre pour le remercier d'être si indiscret.

Mais je suis resté en arrière, loin, même s'il concentrait toute son attention sur la chaussée noire et graisseuse, tandis que les premiers flocons de neige y tombaient en fondant aussitôt. À cette époque, la grosse circulation du soir était finie depuis longtemps à dix-neuf heures ; aucun problème pour le suivre vers le nord dans Redpath puis de nouveau vers l'est dans Roehampton. Son dix-vitesses était fait pour la course, mais il ne pédalait pas vite, à présent, en partie à cause des conditions de la chaussée, même s'il y avait quelque chose de réticent dans la façon dont il ralentissait, maintenant qu'il avait quitté les artères principales. Je l'avais toujours imaginé en position aérodynamique sur son vélo, penché sur le guidon comme un missile, mais ce soir il était assis bien droit dans le vent, l'invitant presque à retarder sa progression. J'ai dû arrêter deux fois à un tournant pour garder mes distances. Sa précision acharnée à l'œuvre, je suppose, il voulait arriver exactement à dix-neuf heures.

La fille avait été ponctuelle aussi : elle se garait au même moment devant un insignifiant duplex en briques brunes, à l'extrémité est de Roehampton, identique à des centaines d'autres dans cette rue. Si éloigné, dans tous les sens du terme, de la maison de High Park.

Je me suis garé à quelques édifices de distance pour le regarder porter son vélo jusqu'au porche et l'enchaîner à une barre métallique. Pas besoin de craindre qu'il ne me voie ou ne reconnaisse la voiture – la neige tombait plus dru, lentement, des flocons collants qui adhéraient aux fenêtres de la Mercury et en voilaient les lignes effilées.

La fille portait un sac de supermarché. Elle a pris le bras d'Everett tandis qu'il déverrouillait la porte, se pressant contre lui, incapable de résister au désir de lui poser un premier baiser sur la joue avant qu'il ouvre la porte et que la petite maison les engloutisse.

J'ai attendu. C'était la nuit sur la ville, et il neigeait, mais je ne voyais à l'horizon que des jours de ciel bleu. En échange de mon silence, l'accord avec Everett allait signifier l'amnistie pour le présent, l'immunité pour l'avenir. Qui résulteraient de rapports toujours favorables à Frank Junior et mèneraient à de régulières augmentations de salaire. Évidemment, Everett pourrait tout simplement démissionner le lendemain matin, ce qui serait presque aussi bien. Dans tous les cas, j'aurais gagné.

J'ai laissé la Mercury au point mort pour me protéger du froid, sans me soucier de la quantité d'essence que pouvait bouffer le moteur huit cylindres. Everett veillerait aussi à faire augmenter mon budget de transport. Je passerais peut-être à une Lincoln au printemps.

Je me suis rencogné dans le siège de cuir, tout en m'entendant apprendre la nouvelle à Paul et à Billy, le lendemain, au déjeuner : « Vous vous rappelez le futur de la publicité, les gars ? Eh bien, il a été annulé ! »

Je crois que j'étais encore en train de sourire quand Everett est ressorti avec la fille. Ils devaient s'être dit au revoir à l'intérieur, car elle a descendu les marches d'un pas dansant; elle agitait la main dans sa direction tout en se rendant à sa voiture.

Il a décadenassé son vélo pour l'emporter dans la rue sur son épaule. Il refaisait son itinéraire en sens inverse, mais il roulait maintenant dans plusieurs centimètres de neige, ce qui l'obligeait à suivre des marques de pneus le long de Roehampton. Je devais signaler ma présence, briser la glace ici plutôt qu'à l'agence... un mot bien senti, afin de prouver que j'avais été témoin de la chose, pour lui donner de quoi réfléchir pendant son trajet. Mais ce devait être maintenant. Si j'attendais jusqu'à Redpath, la circulation plus dense causerait des distractions.

Je me rappelle, j'ai regardé dans le rétroviseur, j'ai attendu qu'un taxi nous dépasse, je l'ai regardé freiner dans Redpath à une centaine de mètres devant, en dérapant, avant que les pneus agrippent la chaussée et le propulsent dans le croisement, une démonstration utile. J'ai pris bien soin de conserver une bonne adhérence sur la chaussée glissante en arrivant à la hauteur d'Everett et en appuyant sur la touche qui abaissait ma vitre.

« Loin de chez vous, hein, Tim ? »

Il ne pouvait pas ne pas avoir entendu la note de triomphe dans ma voix, mais le vélo n'a même pas vacillé. Il ne portait pas de chapeau ni d'écharpe, et je pouvais voir son visage très clairement : il semblait parfaitement calme tandis qu'il freinait en douceur et posait les pieds à terre, attentif. Ça m'a désarçonné. J'ai fini par en dire un peu plus que je ne l'avais prévu.

« Je suggérerais de manger un petit morceau, dans un endroit tranquille, mais je suppose que vous avez déjà dîné. Elle est bonne cuisinière ?

— Qui?

— La fille extrêmement séduisante que vous avez divertie pendant la dernière heure et demie. Ou vous a-t-elle diverti? De toute façon, pas de problème, on est sur la même longueur d'onde. Je suis tout à fait d'accord, ce ne serait pas une bonne idée que votre femme le sache. Je pourrais probablement faire avec, mais je crois qu'on devrait en discuter au bureau.»

Il ne s'est rien passé pendant quelques secondes. Et intérieurement, quelque part, au niveau de l'instinct profond, je crois que je le savais déjà: ça allait mal tourner pour moi.

Silence. Le genre d'édredon de calme qui s'installe avec une forte chute de neige, même en ville. Le vent était tombé, les flocons flottaient au ralenti, ils avaient tout le temps du monde. Le sourire d'Everett aussi était doux et patient. Le premier sourire que je lui aie jamais vu et, je me rappelle, j'ai pensé qu'il ressemblait vraiment à Robert Redford, mais en plus vieux, parce que le sourire, en s'élargissant, révélait de longues rides au coin des yeux. Si j'avais cherché de la pitié dans la Glacière, je la trouvais maintenant, dans ce sourire. Il y avait peut-être aussi de la tristesse, je m'y serais attendu, mais plus profondément que je n'avais envie de regarder, parce que, quelquefois, on ne voit que ce qu'on a besoin de voir.

Il a ouvert la bouche pour parler, s'est ravisé. Il est remonté en selle et il est reparti en pédalant avec lenteur.

◆

Était-ce prémédité ? Est-ce que j'ai *pensé*... à vérifier encore dans la rue, devant, derrière, pour la trouver vide de voitures ou de piétons tout du long, jusqu'à Redpath ? Ai-je pris en considération le manteau de neige qui recouvrait ma voiture, dissimulant la forme, le modèle, et probablement la plaque ? Me suis-je réconforté en songeant que la police conclurait au chauffard, avec les mauvaises conditions climatiques ?

Je ne me rappelle pas avoir pensé quoi que ce soit. Je me rappelle seulement ce que j'ai *ressenti*, la colère, la peur. Je ne me rappelle pas avoir accéléré ni avoir donné un coup de volant pour le frapper de côté, je ne me rappelle pas la façon dont il a été projeté de son vélo, ni l'atterrissage qui lui a cassé le cou. Je ne me rappelle rien de mon retour chez Aylmer, et pas un seul mot de l'échange que j'ai eu avec Frank Junior, pendant lequel, me dit-on, j'ai pleuré, secoué de tremblements. Rien, je ne me rappelle rien jusqu'à ce qu'on m'ait emmené dans le parking et que j'aie vu les types du médico-légal accroupis près de la Mercury, en train de tripoter le pare-chocs avant, à droite.

J'ai eu le reste de ma vie pour comprendre que Frank Junior m'a repéré alors qu'il longeait mon bureau, quelques minutes après neuf heures du soir, qu'il est entré en refermant la porte, pour me faire des confidences parce que j'étais de la famille, chez Aylmer, un vieil ami en qui on avait confiance. Tim Everett était très bien quand il s'agissait de trouver de nouveaux comptes, mais il devait apprendre à être plus chaleureux, en ce qui concernait les relations avec les clients. Frank l'avait transféré à Duncan Hines pour me permettre de lui apprendre

les ficelles, de m'occuper de lui, de l'aider à se détendre. Everett avait des problèmes personnels, des
raisons personnelles pour s'imposer son régime
spartiate, pour le contrôle de fer qu'il exerçait sur
lui-même, et qui énervait tout le monde. « Il est
super-prudent », a sans doute dit Frank Junior.
«C'est ça qu'il est, super-prudent.»

Je crois que ma bouteille était sur mon bureau,
ouverte, et peut-être que Frank a demandé tout à
trac si je pouvais lui en filer une gorgée, puisque
c'était après les heures de travail et tout. Je ne
crois pas qu'il restait beaucoup de vodka, mais
peut-être était-ce suffisant pour qu'il se laisse aller.
Assez pour qu'il confesse qu'Everett avait eu
quelques problèmes dans son emploi précédent,
des problèmes avec les substances contrôlées qui
constituaient le stock de la compagnie pharmaceutique. Usage de drogue, affectant son travail et
sa vie privée, et finalement, une condamnation. Une
autre gorgée de vodka, et Frank a dû me raconter
les tensions que cela avait fait subir au mariage
d'Everett, jusqu'à une séparation, et le fait qu'il
louait présentement un petit appartement dans
Roehampton, pas très loin de l'agence.

«On a été à l'école ensemble», pourrait-il avoir
dit, les yeux larmoyants derrière ses lunettes d'avia-
teur, avec la troisième gorgée de vodka. «C'est un
gars bien qui a pris un mauvais tournant. On lui
donne une chance, ici. Pauvre type, pas étonnant
qu'il reste si tard au bureau chaque soir. Quel intérêt
il a à retourner chez lui ? Avec les termes de sa probation, il n'a même pas le droit de voir sa fille.»

Oh oui. J'ai eu des années pour reconstruire tout
ça. Pour me demander pourquoi je n'avais pas

compris, bien avant cet instant dans Roehampton, qu'Everett était plus vieux qu'il ne le paraissait, assez vieux pour avoir une fille de vingt ans avec des cheveux blond miel, exactement comme sa mère sur une photo vieille de dix ans. Mais elle m'avait bel et bien semblé familière, hein, à travers la vitre ?

◆

Je suis encore le type du milieu. On était juste deux, mais avec la surpopulation, ils ont ajouté une couchette par-dessus. C'est J. P. qui l'a prise. Il est là pour meurtre aussi, mais lui, c'est un cas lourd, pas de conscience du tout, il rigole de ce qu'il a fait. Un psychopathe, qui ne serait pas là s'il y avait de l'espace ou des services adéquats ailleurs. Au-dessus de moi, coïncidence, c'est un autre Billy, mais maigrichon, celui-là, et il insiste pour qu'on l'appelle William parce qu'il n'a aucun autre trait distinctif, à part sa peur. Il ne lui est rien arrivé ici qui ne me soit arrivé à moi, mais moi, je ne pleurniche pas toutes les nuits.

Pas tout haut.

Parution originale : Dead Wood,
Hard Boiled Love, Insomniac Press, 2003.

Prix Arthur-Ellis 2005

LARMES DE CROCODILES

LESLIE WATTS

Je demande la section fumeur. J'ai entendu dire que Jonathan a été incapable de lâcher les gitanes même après l'apparition de la tache sur ses radiographies. Je commande de l'eau gazeuse avec du citron et une douzaine d'huîtres, et j'attends.

◆

J'avais vingt-quatre ans en 1978 quand j'ai épousé Jonathan Raffe. Il en avait cinquante-deux. Nous nous sommes rencontrés à l'audition pour *Rising up to Heaven*. J'avais vu les sept films qu'il avait dirigés, depuis *Linehan's Folly* jusqu'à *Roses, Bloody Roses* – même si j'avais dû emprunter la carte d'étudiante de ma sœur pour assister à la projection de *The Trouble with Snakes* –, et je savais que si j'obtenais le rôle dans *Heaven*, ma carrière était assurée. Je n'étais pas une grande actrice – je n'étais sans doute même pas bonne –, mais Donald Kelleher, mon agent, m'a appelée le matin où je montais à bord d'un avion pour Londres : « Jupe courte, hauts talons, chandail moulant. » Donald connaissait sa cible. J'ai eu le rôle. Après trois semaines de tournage, Jonathan et moi, on couchait ensemble, et il commençait à tirer des plans pour son second divorce.

Nous avons acheté un appartement au nord de Kensington Gardens, et nous avons tourné quatre films ensemble. *Still Waters*, qui a suivi *Heaven*, a mystifié les critiques qui n'étaient pas habitués à descendre un film de Raffe; ils ont été généreux, quoique prudents. Les deux films suivants ont été des échecs complets. La compagnie de production a perdu de l'argent et plusieurs personnes ont suggéré que la carrière de Jonathan était finie. Et puis, une nuit, à Cannes, nous avons lu le scénario de *Lion Hunt*, d'un jeune écrivain nommé Alan Karkov. Avant d'en avoir lu la moitié, j'ai dit à Jonathan que j'étais née pour jouer le rôle d'Alicia Cameron. Quand on a vingt-huit ans, on croit encore qu'un mensonge est un beau sacrifice à faire s'il peut changer la fortune de l'être aimé. À cette époque-là, Karkov était inconnu. Maintenant, bien sûr, il est rendu à Hollywood et on ne l'a pas à moins d'un million et demi. Mais en 1982, avec pas plus de six cents livres pour acheter l'option, j'avais apparemment réussi à peut-être ressusciter la carrière de mon mari. Quand on a vingt-huit ans, ce genre de chose paraît possible. Les actes les plus minimes peuvent avoir les plus vastes conséquences, une vie entière être rebâtie sur un unique succès. Quand on a vingt-huit ans, on croit que six cents livres peuvent transformer une vie.

◆

Le serveur m'apporte mes huîtres et mon eau gazeuse, et, alors qu'il s'éloigne, Jonathan apparaît dans son sillage. Il n'a guère changé. Plus petit, peut-être – difficile d'en être sûre. J'ai tendance à prêter à mes amis des dimensions qui ne correspondent pas à la réalité et je fais peut-être la même chose avec ceux envers qui je n'éprouve que de l'indifférence. Ce qui lui reste de cheveux est une ligne grise qui frôle le col roulé de son chandail de laine rase. Son uniforme n'a guère changé non plus. Il est riche, il a l'air d'un pauvre. Son pantalon de coton noir bénéficierait d'un bon tour de laveuse au cycle lourd. Je me lève pour embrasser ses joues mal rasées. Il place une main sur ma taille, mais elle se met aussitôt à monter et, au second baiser, repose sur le côté de mon sein gauche.

« Oui, lui dis-je, ils sont toujours là. »

Ses lèvres sont plus minces, et elles disparaissent pratiquement quand il sourit. Un seul changement : il s'est fait arranger les dents. Il s'assied en face de moi, une cheville croisée sur un genou, me dévisage : « Comment vas-tu, Gillian ? Tu as l'air splendide. C'est correct de fumer ici, je suppose, Toronto n'a pas encore succombé à la folie ? Tu as vraiment l'air splendide, chérie. Vraiment. Je ne savais pas à quoi m'attendre, évidemment. On ne sait jamais, par les temps qui courent. Je pensais que tu avais peut-être succombé à cette mode idiote du rapetassage esthétique. Pourquoi les femmes font-elles ça ? Vraiment, pourquoi ? »

J'emprunte un cendrier à la table voisine, en disant : « Peut-être parce que leurs maris sont tout le temps en train de les quitter pour des gamines de vingt-quatre ans.

— Ah, eh bien, c'est un argument, effectivement.

— Quoique, pourquoi leurs femmes voudraient essayer de les empêcher, je ne le comprendrai jamais.

— Ah. » Il tire sur sa cigarette en jetant un regard circulaire sur le restaurant. « Y a-t-il ici quelqu'un que je connais ?

— Jonathan, dis-je, tu es à Toronto.

— Oh, d'accord. » Il m'adresse un clin d'œil. « Je te connais, toi. Comment va ce bon vieux machin ?

— Patrick, dis-je d'une voix égale. Il va bien, merci.

— Super, dit Jonathan. Et la rejetonne ? Je suppose qu'elle a des enfants elle-même ?

— Pas encore. Elle est trop jeune. Je peux te commander quelque chose ? Et à manger ? »

Je fais signe au garçon, et Jonathan commande un grand gin et une douzaine d'huîtres aussi.

— Et toi, demande-t-il, ton boulot ?

— J'ai vendu l'affaire il y a deux ans.

— Vraiment ! Tu as fait du fric avec ça ? »

Je mens : « Non. C'était un mauvais moment pour vendre. Mais j'étais prête à arrêter. »

Il va chercher une expression de sympathie. « Bien sûr. Sacrément stressant, j'imagine. » Il y a une petite pause pendant qu'il allume une deuxième cigarette au mégot de la première. « Ce genre de boulot.., »

Je vois son embarras et lui rappelle : « Relations publiques.

— Oui, bien sûr. Splendide. » Il laisse échapper un gloussement. « Pas beaucoup de place pour l'expression artistique, quand même, je suppose.

— Et comment va la tienne, ces temps-ci ?

— Oh, j'ai quelques trucs en route. Un spécial de la BBC, ce genre de chose. On m'a interviewé pour la bio de James Thomas, tu as vu ? »

Je secoue la tête.

« Plutôt embarrassant, du reste. Ils m'ont posé plein de questions à propos de ces scènes dans

Snakes, j'aurais préféré ne pas avoir à y répondre. Mais tu sais comment ça se passe. » Il a un petit rire sec. « J'aurais bénéficié de quelqu'un comme toi, en l'occurrence. Un peu de ces bonnes vieilles relations publiques, hein ?

— J'imagine que tu t'en es tiré. »

Pendant un moment nous dégustons nos huîtres, dans un silence presque convivial. Tout à coup, il déclare : « Je vais avoir soixante-dix-sept ans, Gillian.

— Je sais.

— Ce n'est pas l'âge qui me tracasse. Ce sont les amis. Ils meurent tous. »

Impossible de ne pas éclater de rire. « Jonathan, tu sais très bien que tu vis avec une femme qui a cinq ans de moins que moi.

— Jalouse ?

— Oh, pour l'amour du ciel ! C'est pour ça que tu es venu ? Tu ne vas pas me dire que tu es en train de mourir aussi ?

Ses coquilles d'huîtres sont vides. Il se penche par-dessus la table. Il y a une goutte de saumure sur son menton. « Tu te rappelles Tilly ? »

Mon verre est soudain vide, mais le serveur n'est nulle part.

« Tilly Reardon, dit Jonathan. Tilly Bromley avant ça, née Tilson. »

Je repère le serveur, je lève la main et j'attire son attention, tout en demandant à Jonathan : « Quoi, Tilly Reardon ?

— Elle fait partie de ces amis qui sont morts récemment », dit-il.

Je me retourne pour le regarder. Je suis sur le point de lui dire que je suis désolée quand le serveur arrive. Je commande un gin tonic.

« C'est le problème avec les huîtres, dit Jonathan. Ça donne soif. »

Il m'observe tandis que j'attends ma commande. Je suis en train de calculer. Elle ne devait pas avoir plus de cinquante-cinq ans. Je n'aime pas penser à des gens qui meurent jeunes, ou même moyennement jeunes. La mort précoce d'autrui me donne à penser que mon propre trépas n'est peut-être pas très loin. Je vide la moitié de mon verre avant que Jonathan ne reprenne la parole.

« Je l'ai rencontrée quand Tilson composait la musique de *Linehan's Folly*. Il a essayé aussi pour *Roses*, mais il s'est engueulé avec Malcolm Packett et il a fini par être remplacé par ce maudit Sutherland, c'était quoi son nom exact, déjà ? Peu importe. En tout cas, Tilson est mort peu après. Cancer du pancréas. Tilly était complètement ravagée. Ça faisait des années qu'elle ne vivait plus avec sa mère. Je suis sûr que c'est pour ça qu'elle a sauté dans les bras de Bromley. Elle avait seulement dix-neuf ans. Ne me regarde pas comme ça, chérie. Je sais ce que tu penses. Mais cinq ans, c'est une sacrée différence, à cet âge-là. Et tu étais une personne tout à fait différente quand je t'ai rencontrée. Tilly était tellement… innocente. Tilson aurait mis le holà, bien sûr, s'il avait vécu, mais nous autres, on n'avait aucune autorité. Elle était fermement décidée à se marier, et on ne pouvait rien y faire. C'était avant ton temps, bien sûr. Tu étais encore une écolière à… oh, zut, chérie, je ne peux jamais me rappeler le nom de cette institution. Mais tout ça est passé. Quand nous avons commencé à tourner *Lion Hunt*, Bromley avait gagné son prix BAFTA pour *Rigmarole*, et Tilly était enceinte de leur troisième. On aurait pu croire qu'elle ferait toute une histoire de le voir partir de l'autre côté du monde pour tourner un film, mais non, Tilly n'était pas comme ça. Bien sûr, tu dois y avoir pensé, depuis toutes ces années, chérie, hein ? »

Je dis : « Oui. » Mon verre est encore vide. J'en commande un autre.

« Tilly a dit au revoir à David, dit Jonathan, et tout le monde sait ce qui est arrivé ensuite. »

◆

Dès le début, ce tournage avait été un cauchemar. Les générateurs tombaient en panne ; les tentes prenaient l'eau. Presque toute l'équipe anglaise de tournage était apparemment tombée malade sur-le-champ en contractant des maladies dont je n'avais pas entendu les noms depuis les cours de géographie de cinquième année. On avait dû faire venir un docteur en avion depuis Dar es Salam. Silvia Gunn, l'une des actrices de soutien, s'était cassé une che-ville le troisième jour du tournage et avait dû être remplacée par Nora Hatchwell, qui était encore moins compétente que moi. James Shepard, mon partenaire, était en plein milieu d'une rupture avec son amant de longue date et passait ses heures oisives à boire des cocktails bizarres et à mendier des médicaments sur ordonnance au docteur de Dar es Salam puis, quand la manigance échouait, aux maquilleuses et aux costumiers. Après un retard de huit jours dans le tournage, l'équipe africaine avait tiré sa révérence pour un engagement déjà pris, un documentaire de la télévision australienne sur le gibier aquatique dans la Réserve de Selous.

Les coproducteurs anglais et américain avaient
passé des heures à hurler dans des téléphones ; les
Allemands étaient plus efficaces : ils étaient venus
de Munich en avion pour hurler en personne, tandis
que Peter Kant, le producteur, pédalait pour trouver
une équipe de remplacement et conseillait des
changements majeurs dans le scénario. La nuit,
Jonathan errait dans le camp en discutant avec
quiconque le voulait bien du programme du lendemain. Pendant la journée, à moins d'être dans une
scène particulière, j'essayais de ne pas croiser son
chemin. Je n'ai pas élevé d'objections quand un
soir il a tiré son lit de l'autre côté de la tente pour
ne pas me réveiller quand il revenait des heures
après que je m'étais endormie. David Bromley, qui
avait été directeur-photo pour un documentaire sur
les crocodiles avec le naturaliste Wilhelm Burger
et pour un film hollywoodien, semblait la seule
personne calme sur le plateau.

« Je les ai prévenus en janvier », m'avait-il dit
après un souper tardif. Nous avions quitté la tente
qui servait de mess en emportant nos chaises pliantes.
« Vingt-quatre jours, c'était d'un optimisme dé-
lirant. Surtout en cette période de l'année. Personne
n'écoute le type derrière la caméra. Sauf, évidemment, quand il s'agit de donner des conseils sur la
gestion de la faune locale. »

Je me suis arrêtée en posant ma chaise. « Ce
n'est vraiment pas la faute de Jonathan. »

Il s'est mis à rire : « Pas besoin d'être aussi in-
dignée. Je ne le blâmais pas. » Il a déplié sa chaise,
s'est assis en allumant une cigarette. « Tu en veux
une ?

— Non.

— Assieds-toi. Pourquoi es-tu si contrariée, de toute façon ? Ce n'est pas ton fric.»

Je détestais les chaises pliantes. Je n'ai jamais pu me figurer comment ça marche.

« Ah », dit-il, et il me l'a arrangée. « Alors ce n'est pas la seconde lune de miel que tu avais envisagée.

— Oh, la ferme.»

Il s'est mis à rire de nouveau, mais pas aussi fort. «Je l'ai prévenu de ça aussi.

— Quoi donc ?

— Pourquoi supposes-tu que Tilly reste toujours à la maison ? On ne peut pas sauver un mariage en tournant un film ensemble.

— Charmant, ai-je dit, maussade. Le tout dernier ragot, je présume. Notre mariage branle dans le manche. Évidemment.»

Il n'a rien dit, s'est contenté de fumer en observant l'horizon : des oiseaux planaient au-dessus et, en dessous, quelque chose se déplaçait, avec une bosse et quatre pattes.

« En tout cas », ai-je dit en tirant sur mon chandail, « je croyais qu'il faisait chaud tout le temps en Afrique.» J'ignore pourquoi j'ai dit ça. Je savais parfaitement à quoi m'attendre en ce qui concernait le climat. Je voulais en finir avec le sujet de mon mariage, j'imagine, sans avoir à me lever et à m'en aller.

David a exhalé en me lançant un regard pénétrant : «Tu n'as rien de mieux ?»

Je n'étais pas très douée pour les échappatoires subtiles – pas à l'époque, en tout cas –, et je n'ai pas pris la peine de prétendre que je ne comprenais pas. «Oh, d'accord, ai-je dit, donne-moi une de tes maudites cigarettes.

— Il y a un seul vrai problème, à cette période de l'année, quand on prend du retard, a-t-il dit en allumant son briquet. Je crois qu'il va pleuvoir.»

◆

Alan Karkov est arrivé en avion le matin suivant. Il a passé le plus clair de son temps dans une petite tente avec Peter Kant sur le dos et une machine à écrire portable sur les genoux. La pluie dégouttait du canevas et les pages étaient fripées avant même de se retrouver dans les mains de Peter. Jonathan boudait derrière le volant de la Land Rover, en lisant les révisions à travers un brouillard de fumée de cigarette, et j'étais misérablement recroquevillée sur mon lit de camp détrempé, en regardant les moustiques se jeter contre la moustiquaire tachée, et en pensant que James avait peut-être raison de s'assommer à l'alcool avant midi. Cette semaine-là, nous avons seulement tourné neuf scènes, et il était presque impossible de trouver un acteur ou un membre de l'équipe de tournage capable d'énoncer une phrase complète sans crier ou sans éclater en sanglots. Les Allemands étaient retournés à Munich, dégoûtés, et Peter Kant menaçait de retirer ses billes pendant qu'il le pouvait encore et de mettre la clé sous la porte s'il n'arrivait pas rapidement quelque chose de positif. C'est David qui a suggéré de déménager en aval de la rivière, là où la canopée arrêterait le plus gros de la pluie. Il a passé presque une heure à discuter à voix basse avec un jeune Tanzanien appelé Matthew avant d'inviter Alan, Jonathan et Peter à les rejoindre dans sa tente. Quand ils en sont sortis, la moitié d'équipe que Peter avait réussi à rassembler à la place des déserteurs africains a reçu l'ordre de tout déménager deux milles au nord avant la tombée de la nuit.

Nous nous sommes rendus en voiture le long d'une piste boueuse à l'endroit recommandé par Matthew, et, dans une zone mieux abritée que notre campement précédent, nous avons entrepris de planter les tentes et de ranger l'équipement. Au crépuscule, un générateur avait consenti à se mettre en marche et des lumières commençaient à s'allumer tandis que Matthew nous faisait faire le tour du coin, à Jonathan et moi. «Pas une grosse rivière, a-t-il dit, mais c'est juste ce qu'il faut, vous ne croyez pas? Il y a un pont plus loin en aval, et de ce côté-ci, un autre, mais pas en aussi bon état. À cette période de l'année...» Il a haussé les épaules.

«Un pont pour les voitures? a demandé Jonathan.

— Oh non, a dit Matthew en souriant, pas ce genre de pont-là. Seulement pour les piétons, très étroit. On peut juste le traverser à pied, peut-être en portant quelques affaires, mais rien de trop gros. Pas des voitures, c'est certain. Je trouverai davantage de porteurs pour vos besoins. Il y en a dans les environs.»

Jonathan a dit qu'il comprenait, et, tandis qu'il se détournait pour examiner le nouvel emplacement, je l'ai vu sourire pour la première fois depuis des jours. «C'est super, a-t-il dit. On utilisera l'eau dans le deuxième acte, pour le rendez-vous amoureux.»

Matthew était en train de s'éloigner, mais il s'est retourné avec une expression consternée: «N'entrez pas dans l'eau, s'il vous plaît. Ce n'est pas sûr. Il y a des crocodiles.

— Bien entendu, a dit Jonathan. On veut juste un arrière-plan. Un peu de décor pour l'atmosphère.»

◆

Cette nuit-là, on a recommencé à tourner et, pendant les quelques jours suivants, James Shepard est resté assez sobre pour se rappeler presque toutes ses répliques et Alan Karkov a appris à tenir sa langue quand ce n'était pas le cas. L'état d'esprit de Jonathan a continué à s'améliorer, et la nuit précédant le désastre final, je suis allée remercier David dans sa tente.

« Ne sois pas idiote », a-t-il dit. Il était étendu sur son lit, en train de lire à la lueur d'une lanterne, et il a écrasé son mégot en refermant son livre. « J'étais on ne peut plus égoïste. Je n'aime pas ça quand des jobs disparaissent brusquement. » Il s'est assis pour me regarder avec curiosité. « Et toi ? J'avais l'impression que tu étais prête à déclarer forfait. J'espère que tu n'es pas déçue d'être restée.

— Déçue ! Jonathan aurait été impossible à vivre si on avait dû arrêter ! »

Il a fait : « Hmmm », et je me suis soudain sentie embarrassée. « Un verre ? a-t-il offert. J'ai une bouteille de quelque chose. Ne le dis pas à James. Je veux qu'elle dure. »

Je me suis mise à rire.

« Tu sais », a-t-il dit tandis que nous trinquions avec nos verres en papier, « la différence d'âge n'a d'importance que lorsque les choses vont mal. Tilly a douze ans de moins que moi, et elle y pense seulement quand elle est fâchée contre moi. Le reste du temps, ça lui plairait plutôt, je crois.

— Merci, David, ai-je dit, tu es très gentil. » J'ai avalé mon verre et je l'ai serré dans mes bras.

«Je ne suis pas gentil», a-t-il dit en me serrant un bras à son tour. «Je suis honnête. Je suis rationnel. Si tu restes pour un autre verre, tire la fermeture éclair de la tente, je n'ai pas envie de me faire bouffer vivant par les moustiques.»

◆

Jonathan s'informe : «Je me demande comment sont les plats principaux, ici.

— Chers, lui dis-je.

— Parfait. Qu'est-ce que tu prends ?

— Rien, merci.

— À te voir descendre ce gin, je crois que tu ferais mieux de prendre quelque chose.»

Il commande un steak et une salade pour lui, et un plat de gnocchis pour moi. Je commence à chipoter dans mon assiette quand il reprend son histoire.

«Tu te rappelles Matthew ? Le guide ? Je suis retourné le voir. En avril, j'étais au Kenya, en visite chez de vieux amis qui y ont pris leur retraite, et je me suis dit que ce serait marrant de traverser la frontière pour aller en Tanzanie et d'aller lui rendre visite.»

Je repose ma fourchette : «Tu as quoi ?

— On a mangé ensemble, reprend Jonathan. Il s'en tire bien, cinq mômes, une jolie femme. Il m'a donné quelque chose.»

◆

Je n'ai pas vu ce qui s'est passé. Je l'ai appris par Matthew. Je devais jouer à dix heures trente, et l'accident est arrivé juste avant dix heures, alors j'étais dans ma tente, encore en train de boire mon café. J'ai entendu Matthew qui m'appelait, d'abord de très loin, puis de plus en plus près, et j'ai eu tout le temps nécessaire pour me déplacer. Le temps qu'il me rejoigne, j'étais déjà dehors avec ma tasse à moitié vide.

« Madame Raffe, madame Raffe ! » Il était tout essoufflé, sa chemise trempée par la sueur. Il venait de loin. « Oh, madame Raffe. Il y a eu un terrible accident. »

Qu'est-ce que j'ai imaginé ? Je ne me souviens plus. J'ai demandé : « Jonathan ? »

Mais Matthew secouait la tête. « Non, non. Pas monsieur Raffe. Il m'a envoyé vous chercher. Il est terriblement bouleversé. »

J'ai dit : « Je vous en prie. » Je voulais dire, "Expliquez-moi" mais Matthew a apparemment cru que je lui offrais mon café, parce qu'il a pris la tasse et l'a vidée. J'ai demandé : « Matthew, que s'est-il passé ?

— Je leur avais dit de faire attention. Ils étaient devant moi. Ce n'est pas ma faute, madame Raffe. Je les avais prévenus. »

La tasse tremblait entre ses doigts minces et je me suis rendu compte pour la première fois que c'était juste un gamin, peut-être même pas dix-sept ans. Je l'ai fait entrer dans la tente, je me suis assise près de lui sur le lit de camp tandis qu'il buvait une autre tasse pleine. Ensuite, il m'a raconté.

La moitié de l'équipe avait traversé sur la rive nord de la rivière avant Jonathan et David, parce qu'on manquait de bras. Ils étaient tous les deux sur le pont quand un des piliers de soutènement a cédé et tout le pont a basculé de côté, vers l'amont de la rivière. Jonathan a réussi à s'accrocher aux débris, mais David a coulé, sans doute parce qu'il n'avait pas encore lâché la caméra. Depuis les deux rives, l'équipe impuissante l'a regardé être emporté par le fort courant. Dès que Jonathan a réussi à atteindre la rive nord, il s'est mis à courir sur le bord en appelant les autres à la rescousse. Les Africains, a ajouté Matthew, sont sagement restés où ils étaient. Mais l'équipe anglaise et l'américaine ont suivi les ordres de Jonathan, et tous se sont mis à courir sur les deux rives dans l'espoir apparent de récupérer David au coude suivant de la rivière.

« Je leur ai dit : non ! J'ai crié, j'ai crié qu'ils ne devaient pas courir sur la rive. Même monsieur Bromley leur hurlait de ne pas le faire. Il savait. J'ai essayé, madame Raffe, on a essayé tous les deux, mais ils ne voulaient pas arrêter. »

Je le regardais fixement : « Mais pourquoi ne devaient-ils pas courir le long de la rive ? Je ne comprends pas. David ne voulait pas qu'on l'aide ?

— Madame Raffe, a expliqué Matthew, il aurait peut-être pu se tirer de là. Il avait lâché la caméra. Il aurait pu flotter bien tranquillement vers la rive et là, il aurait eu une petite chance. Le problème, c'est les crocodiles qui se reposent sur les rives, là où il fait frais. Si on court près d'eux, ils se jettent dans l'eau. Ils sont très rapides. »

Je me suis soudain sentie prise d'une nausée.

« Madame Raffe, a dit Matthew. Je suis tellement désolé, je n'ai pas pu les arrêter. Je suis tellement désolé ! » Et il s'est mis à pleurer avec moi.

◆

« Savais-tu, me demande Jonathan, que les crocodiles peuvent vivre jusqu'à un siècle ? S'ils ne se
font pas abattre pour devenir des souliers, des sacs
ou des remèdes de bonne femme, évidemment. S'il
n'est pas porté par une matrone milanaise, il est
fort possible que le crocodile qui a dévoré David
Bromley vive encore au moins soixante-dix ans ou
plus. »

Les gnocchis se sont figés dans mon assiette. J'ai
posé mes mains sur mes cuisses. Serrées, comme
si chaque main offrait à l'autre un espoir de salut.
Je pourrais leur dire qu'elles sont aussi bien de ne
pas s'en donner la peine.

« Les crocodiles, poursuit Jonathan, ne peuvent
pas mâcher leur viande. Ils entraînent leur proie
sous l'eau pour la noyer, et si elle est trop grosse
pour être avalée d'un coup, ils la coincent bien
gentiment sous un rocher ou une souche immergée,
jusqu'à ce que la décomposition l'ait attendrie.
C'est un peu comme pour le gibier, Gillian. Tu te
rappelles ces merveilleux faisans qu'on achetait à
ce boucher de Westbourne Grove ? L'ironie, c'est
que j'avais appris tout ça de David lui-même, pas
même deux jours avant l'accident. Il savait à peu
près tout ce qu'il fallait savoir des crocodiles, après
avoir tourné ce fascinant documentaire avec… c'est
quoi son nom déjà ? Cet Allemand… Mais je di-
gresse. Le truc, c'est que les Tanzaniens en ont eu
marre de voir leurs ponts pourris tomber dans la
rivière et leurs compatriotes se faire bouffer par les
crocodiles, alors ils ont décidé de construire un
meilleur pont, avec des fondations plus solides. Et en
recreusant la rive, un des ouvriers a trouvé quelque
chose sous une racine d'arbre.

— Jonathan. » Je ne dis pas : "Non". Je ne dis pas "Je t'en prie". Il sait que je veux le faire taire, mais il ne se laissera pas imposer le silence.

« Tu ne veux pas savoir ce que c'était, Gillian ? »

Je ne réponds pas.

Il sourit, ménageant ce que dans un scénario on appelle une pause, un petit moment entre parenthèses pendant lequel personne ne parle. J'ai l'impression qu'il en est tout à fait conscient. J'ai l'impression qu'il raconte cette histoire comme il bâtirait un film. Juste là, par exemple, il mettrait un bref plan de Matthew qui serait en train de tendre une main pour me toucher l'épaule. Cette main serait filmée de mon point de vue, parce que c'est mon *flashback*. Et maintenant la caméra doit revenir sur mon visage et les paroles de Jonathan être entendues hors champ, parce que ni son expression ni notre environnement n'ont d'importance dans le récit de cette histoire. Ce qui importe, c'est ma réaction. C'est ça qu'il attend.

« Il a trouvé le portefeuille de David Bromley. Remarquable, non ? Matthew s'est dit qu'il avait dû être coincé là, dans la poche de pantalon de David. Et puis, quand le crocodile est revenu pour récupérer son repas, David a été dégagé, mais le portefeuille est resté là. En tout cas, il était là. Matthew l'a gardé. Il ne savait vraiment pas comment contacter qui que ce soit de l'équipe de *Lion Hunt*, et il a été ravi quand je me suis pointé. Il avait l'air de penser que c'était un fardeau pour lui. Il m'a demandé de le rendre à la famille de David. Il y avait quelques billets de banque, des photos de famille, un permis de conduire, quelques autres machins qu'il avait pris la peine de sécher et de remettre en place. Un peu fripés, un peu boueux, mais encore lisibles. Le truc, c'est que j'étais moi-même pris entre l'arbre et l'écorce. Tilly était mourante. Elle s'était remariée des années plus tôt. Joseph Reardon avait adopté les trois enfants de Bromley, et d'après ce que j'en savais, jusqu'à la maladie de Tilly, ils avaient été heureux comme des rois. Je ne pensais pas qu'il serait *de rigueur*, si tu vois ce que je veux dire, de me présenter devant son lit de mort avec le portefeuille de son premier mari. En tout cas, j'ai donné l'argent à Matthew.»

Il se renverse sur son siège, allume une autre cigarette, les yeux plissés à travers la fumée. «Pour le reste, j'y ai pensé pendant tout le voyage de retour à Londres. Le temps d'arriver à Heathrow, je commençais à avoir l'impression qu'on m'avait refilé le fardeau de Matthew, mais en dix fois plus lourd. Et puis je me suis dit : je parie qu'il y a là-dedans quelque chose que cette bonne vieille Gillian aimerait avoir. Peut-être les photos de ces pauvres enfants privés de leur père. Ou, pour ce que j'en sais, peut-être tout le truc. En tout cas, ce sera un fardeau de moins pour moi de te le passer.»

Je suis en train de dire : «Je ne...» quand il fouille dans ses poches, en tire le portefeuille et le plaque sur mon assiette à pain. La pochette est mince, déformée, il en exsude une odeur vaguement désagréable.

«Il y a eu un moment, raconte Jonathan, où je me suis soudain trouvé dans l'eau avec Bromley. Je devais avoir l'air aussi surpris que lui, je suppose. Et puis j'ai vu une autre expression dans ses yeux, que je n'ai d'abord pas comprise. Je te le dis, il aurait pu s'accrocher au reste du pont, comme moi, mais il avait la maudite caméra dans les bras. Il s'attendait à ce que je l'aide, j'imagine. J'ai commencé à tendre un bras, mais pour une raison quelconque, je n'ai juste pas pu combler la distance, apparemment. Et, figure-toi, dans le feu de l'action, j'ai complètement oublié tout ce qu'il m'avait dit des crocodiles sur les rives. À ce moment-là, tout ce à quoi je pouvais penser, c'était à le récupérer. Plutôt chic de ma part de me donner cette peine, je dirais, considérant le fait qu'il venait de coucher avec ma femme. Chérie ? Ça va ? »

J'entends le sang qui me monte à la tête, tandis que je regarde fixement Jonathan. Un affreux triomphe illumine ses traits. J'essaie de parler, mais il m'arrête en m'agitant un doigt sous le nez.

« Oui, dit-il. Exactement ça. Cette dernière expression, tandis qu'il flottait dans le courant, c'était de la compréhension. »

Parution originale : Crocodile Tears,
Revenge : A Noir Anthology, Insomniac Press, 2004.

Prix Arthur-Ellis 2006

LE CAVALIER DE L'ÉCLAIR

RICK MOFINA

Jessie Scout resserra son étreinte sur le volant de la voiture blindée quand elle repéra ses équipiers, Gask et Pérez, qui émergeaient du foyer du casino. Leurs sacs de toile étaient maintenant vides d'argent. Une autre livraison effectuée.

Relaxe, se dit-elle.

Le cuir de sa ceinture et de la gaine de son Glock émit un petit couinement tandis qu'elle effectuait dans ses rétroviseurs les vérifications de périmètre autour de leur camion. Tout était correct. *Attendez voir…* Un inconnu s'approchait bien trop près d'elle.

« Bobby ? Hé, Bob, mon pote, regarde ça. » Un homme se mit à rire.

Scout les distingua, déformés par le rétroviseur convexe situé du côté du chauffeur. Un couple de joueurs qui avaient passé la nuit au casino. Des Blancs. La quarantaine. Du Midwest. Cadres moyens. Banlieusards. La femme et les mômes à la maison. Laisse faire le buffet, fiston, des Bloody Marys direct comme petit déjeuner. En train de planer encore plus haut que le soleil matinal sur le désert. *N'approchez pas de ce camion. N'essayez pas.*

« Hé, Bob, regarde bien ! » Le premier homme enfonçait une main dans sa poche.

La main droite de Scout effleura la crosse de son Glock. Ses deux coéquipiers étaient encore à une bonne distance du côté droit de la voiture. Ils ne pouvaient pas voir le gars ou l'éclair métallique dans sa main. Ce type est *trop* près.

« Ça paie quoi, tu crois, si je joue un dollar là ? Ha-ha-ha. »

Il se met à tripoter une des embrasures de tir. Connard. Scout tape sur le klaxon. Le type recule, il devient rouge, le visage convulsé, une colère qu'il dirige contre elle en passant près de l'avant du camion, paumes levées.

« Qu'est-ce qu'y a ? Tu comprends pas la plaisanterie ? »

Il est hypnotisé : il voit une jeune déesse. Hâlée, les pommettes hautes, des cheveux châtains rassemblés en une longue natte. Le visage de Scout ne trahit aucune émotion. Le type concède : elle n'est pas dans ses moyens. Pas d'amusette en vue. Les joueurs s'éloignent.

Elle entendit les clés qui tintaient, puis le petit coup métallique sur la porte d'acier côté passager. C'étaient Gask et Pérez, avec leurs visages luisants et leurs chemises sombres sous les bras à cause de la transpiration. « Allez, Scout, on est en train de cuire, nous ! » cria Gask pour l'emporter sur le bruit du moteur au ralenti, sur l'air conditionné et sur le blindage du camion qui absorbait les sons.

Scout déverrouilla les portes de l'intérieur. Gask se hissa sur le siège du passager. Pérez sauta sur la marche de la porte de côté, pour s'installer à l'arrière avec l'argent. Les deux hommes verrouillèrent leur porte tandis que Jessie faisait lentement avancer le camion dans l'entrée du casino pour le glisser dans la circulation du boulevard Las Vegas.

«C'est quoi le problème, avec le klaxon, Scout?» Gask examina son *clipboard* puis cria à travers la fenêtre coulissante de la paroi de sécurité en acier qui séparait la cabine et l'arrière du camion: «Prochaine livraison, c'est les guichets, Pérez. Compris?

— Compris.

— Je t'ai demandé c'est quoi le problème, Scout?

— Pas de problème.

— Je crois que tu sais pas encore ce que tu fais, hein?»

Scout ne répondit pas. Le visage de l'autre se durcit.

« Je sais pas pourquoi on vous engage, vous autres, je le jure.»

Scout ne dit rien.

« Ma dernière semaine dans ce boulot, et c'est comme ça que tu me traites?

— J'ai dit qu'il n'y avait pas de problème.

— T'es sûre? T'as l'air un peu énervé, aujourd'hui. C'est un truc de bonne femme?»

Scout leva les yeux au ciel. Quel porc. « Un touriste a touché le camion. Je l'ai prévenu. Il a arrêté. Pas de problème.

— Bon. Mets ça dans le journal de bord. Heure, endroit, description, incident. Je prends ma retraite avec un dossier sans faute. Compris? Bon Dieu, t'as une cervelle, là-dedans?

— Je connais la procédure.

— Tant que t'en es sûre, grogna-t-il. Appelle pour la prochaine livraison.»

Scout attrapa le micro de la radio: «Dix soixante-cinq.

— Vas-y, Soixante-cinq », répondit la radio.

— Fini avec le six.

— OK, Soixante-cinq.»

Gask se dandina sur son siège. «Maudit pistolet, ça me rentre dedans.» Il ôta sa casquette d'uniforme et passa le revers de son avant-bras poilu sur son front. «T'as mis l'air conditionné à fond, Scout? Tu l'as mis à fond?

— À fond.

— T'es sûre de savoir comment régler ce machin? Ça pourrait être compliqué pour quelqu'un dans ton genre.»

Scout se concentra sur la route. Gask était son chef d'équipe depuis qu'on l'avait engagée comme conductrice à la *U.S. Forged Armored Inc.*, quatre mois plus tôt. C'était son premier jour de travail après les vacances, et le matin, au terminal, tout en engloutissant son petit déjeuner rituel de café et de beignes au chocolat, il débordait du désir de leur en parler, à Pérez et à elle. Ils finissaient leur propre café, prêts à partir pour leur ronde de livraisons.

«Tu sais où j'ai été, Scout?» avait-il demandé.

Comme si elle s'en était souciée.

«À l'Aryanfest.» Il avait aspiré entre ses dents, tout en y fourrageant avec un cure-dent. «Dans le nord, près de ton ancienne réserve. Chouette région. Plein de *Blancs*. Dans les montagnes. On a fait brûler une croix.» Il avait souri. «Une fois que j'en aurai fini avec ce boulot, je vais m'acheter une cabane au bord d'un lac, près de la frontière.»

Scout et Pérez avaient échangé un regard sans rien dire. Gask ne tenait pas secrètes ses convictions. L'expérience leur avait appris à éviter les sujets déclencheurs, comme Martin Luther King, le Pape,

Waco, Ruby Ridge, Oklahoma City ou les droits civiques. Scout pouvait supporter ses insultes, mais la façon dont Gask traitait Pérez, qui était depuis trois ans avec la compagnie, la dégoûtait profondément.

Gil Pérez était un homme discret à la voix douce, père de deux fillettes. Loyal, honnête. Il travaillait dur. Il rêvait de démarrer sa propre entreprise de lave-auto, mais il avait un jour fait l'erreur d'en parler à Gask, qui depuis crachait sur son rêve chaque fois qu'il le pouvait. « Ça n'arrivera pas pour quelqu'un dans ton genre, Recuit. T'as juste pas ce qu'il faut. Crois-moi. Je te connais, je sais de quoi t'es capable. Ça dépasse les gens de ta race. Ceux de Scout aussi. Dans les deux cas, vous autres, vous manquez de la *motivation*, du *dévouement*, de la *volonté* d'Américains pur-sang comme moi. Vous feriez mieux de mettre toute votre énergie dans ce boulot-ci, et peut-être qu'un jour, si vous avez vraiment de la chance, mais j'en doute, peut-être qu'un jour vous aurez votre propre équipe, comme moi.»

Comme toi ?

Scout frissonnait à l'idée qu'on puisse vouloir se modeler sur Elmer Gask, le garde de sécurité qui avait le plus d'ancienneté à la *Forged*, et un trou de cul légendaire. Selon les dinosaures qui connaissaient son histoire, Gask venait d'une famille de pauvres blancs du Mississippi, laquelle famille déménageait la nuit pour ne pas payer ses dettes. Le grand-père de Gask avait été un Grand Dragon du Klan, qui avait supervisé des incendies d'église avant de mourir à la suite de complications dues à la syphilis. Gask était un ancien gardien de prison du Nevada, une brute qui avait été virée pour avoir gravement battu un prisonnier noir.

Ensuite, on l'avait engagé à la *U.S. Forged*, où il avait gagné un statut mythique. Pendant ses vingt-deux ans au boulot, Gask avait fait circuler près de vingt millions de dollars chaque jour entre les casinos et les banques de Las Vegas, en toute sécurité et sans jamais avoir perdu un seul dollar. Pas un sou. Il y avait eu des tentatives. Trois hommes étaient morts dans des attaques pendant son quart de service. Deux vagabonds du Minnesota, en 88, quand ils lui avaient sauté dessus, lui et son coéquipier, alors qu'ils livraient deux millions de dollars au *Nugget*. Et en 83, un jeune Anglais de vingt-quatre ans, appelé Fitz-quelque-chose, qui était en rupture de service militaire et parti sur un trip de LSD : Gask l'avait abattu alors qu'il essayait de filer avec deux sacs de billets de 100 $ tout frais imprimés, devant le *César*.

Personne n'avait jamais gagné et ne gagnerait jamais, avec Gask. C'était le roi des livraisons d'argent à Las Vegas. Grâce à lui, les casinos étaient bien huilés, tout marchait comme sur des roulettes. Dans cette ville, où chaque geste était un pari, Gask avait l'avantage et il apprenait à chaque nouveau venu, pour sa gouverne, que sa supériorité était la raison pour laquelle la *U.S. Forged* lui confiait les livraisons les plus importantes, et les équipes de débutants. Il connaissait le boulot et ses points vulnérables, comment passer un casino en revue pendant une livraison, comment observer les visages et sentir les ennuis à distance, comme un chien policier de shérif de comté. Gask n'avait pas de famille. Pas de femme, pas d'enfants. Il était son boulot. La *U.S.*

Forged profitait de son dévouement intense et de ses tactiques d'intimidation de bigot. Le tout bien enveloppé dans une carcasse de plus d'un mètre quatre-vingts et de plus de cent kilos, à faire péter les boutons de son uniforme.

Le coût : 33 500 dollars par an. Avec un bonus de départ à la retraite à la clé pour ses vingt-deux ans de service « sans pertes ».

Tandis qu'ils se dirigeaient vers le nord le long du Strip, ils s'arrêtèrent à un feu rouge près de *L'Hacienda*. Gask examina son *clipboard*. « On doit remplir six guichets automatiques au prochain arrêt. T'es mieux d'utiliser le chariot, Recuit. »

Le visage de Pérez s'encadra dans la fenêtre de séparation.

« Ne m'appelle pas recuit, Elmer, s'il te plaît. »

Gask haussa les sourcils : « Et pourquoi ? »

— Parce que je n'aime pas ça.

— T'aime pas ça ? » Gask regardait défiler les casinos.

« Appelle-moi Gil, ou Pérez, s'il te plaît.

— Ou bien quoi ? Tu vas te plaindre à l'Union américaine des droits civiques ? » Gask mordit férocement son cure-dent. « Tu oublies à qui tu causes ?

— Je te le demande poliment, c'est tout. »

Gask suçota ses dents. Les muscles de sa mâchoire tressaillaient.

« Eh bien, eh bien, eh bien ! » dit-il alors qu'ils dépassaient l'énorme *Excalibur*, avec ses tourelles de château de conte de fées. « Me voilà en 1993, chef d'équipe de "Gil s'il vous plaît m'appelez pas Recuit Pérez" et de Pocahontas. L'Amérique est-y pas le pays des chances égales pour tous ? Alors c'est ça que j'ai pour ma dernière semaine au boulot ? Vous

tous les deux du trouble ? » Il secoua la
je me retrouve avec ce camion de merde
aujourd'hui, un jour de grosses livraisons. Toujours
pas de transmetteur. Combien de fois je lui ai dit, à
Rat, de réparer le maudit transmetteur dans ce camion ? Aujourd'hui, on me refile le fond du panier. »

Gask faisait exprès de ne pas mentionner que
Scout l'avait alerté des semaines plus tôt que leur
horaire leur donnerait ce camion-là. Il ne tolérait
pas qu'on lui dise quoi que ce fût, surtout pas une
femme. Pis encore, une Amérindienne. Il l'ignorait.
Leur camion de la journée était loin de ressembler
aux forteresses militaires qu'ils utilisaient habituel-
lement. Ils avaient le vieux camion Econoline blindé
de la compagnie, dix ans d'âge. Le camion de re-
change. Chaque équipe l'utilisait tour à tour pour
un de ses quarts, toutes les deux semaines, pendant
que les nouveaux camions étaient au garage. Mais
pour Scout, il valait mieux ne pas débattre des faits.
Qu'il continue à postillonner.

« Y a intérêt à ce qu'il arrive rien aujourd'hui
pendant mon maudit quart, OK, Scout ? »

Elle ne répondit pas.

Il lui jeta un coup d'œil : « Qu'est-ce que t'as ?

— Rien.

— Rien ? Je crois pas. »

Gask sentait que quelque chose ne tournait pas
rond. Il reniflait quelque chose, quelque chose en
elle le dérangeait, qu'il n'arrivait pas à cerner. Elle
était aussi impassible que toujours. C'était peut-être
parce qu'il avait été parti pendant une semaine ? Il
continuait à la regarder fixement.

« T'es pas embarrassée de rouler dans cette boîte
de conserve aujourd'hui, Scout ?

— Je suis embarrassée de rouler avec toi aujour-d'hui, oui.»

Scout savait ce que Gask pensait : qu'elle jouait avec lui et qu'il aimait ça. Pour lui, elle était un défi, une énigme. Il ne savait pratiquement rien d'elle. Elle parlait peu et souriait rarement. Mais elle connaissait les types comme Gask. Elle savait ce qu'ils voulaient. Ils le lui disaient avec leurs regards. Elle savait que Gask aimait la lorgner. Surtout maintenant. Ses yeux avaient atterri sur son uniforme, là où un bouton s'était défait, offrant un aperçu de ses seins généreux. Fermes et bruns, tressautant dans son soutien-gorge. Sans la moindre honte, elle reboutonna sa chemise. Gask suçota ses dents de nouveau.

«T'as un petit ami, Scout ?

— Je n'en ai pas besoin.

— Peut-être que tu sais pas de quoi t'as besoin.»

Elle ne répliqua pas et son regard glissa sur le clinquant du Strip pour se diriger vers l'ouest et les monts Spring, à la recherche de réponses. Le sens de son existence. Jessica Mary Scout. Née à Browning, au Montana. Sa mère, Angela Scout, était une Pied-Noir. Son père, allemand, avait fait partie d'un échange avec l'Université du Sud-Montana en tant qu'étudiant en philosophie. Il faisait de la re-cherche de terrain sur le mysticisme amérindien à la réserve où il avait rencontré Angela. Il allait l'épouser et l'emmener à Berlin. Le jour de la nais-sance de Jessie, il avait emprunté un camion et roulait vers l'hôpital. Il avait donné un coup de volant pour éviter un lapin. Le camion avait capoté. Il avait été tué. La mère de Jessie n'avait plus jamais été la même. Elle avait le cœur brisé, et elle en avait enseveli une partie avec l'homme qu'elle aimait.

Jessie avait grandi en acceptant le fait que sa vie avait apporté la mort.

Une des vieilles femmes de la réserve appelait ça « le vent noir », le porteur de malchance. Et quand Jessie avait eu dix ans, la vieille lui avait dit qu'il ne la quitterait jamais tant que le Cavalier de l'Éclair ne viendrait pas la trouver.

« Grand-mère, comment je le reconnaîtrai ?

— Tes yeux le verront, et tu le reconnaîtras dans ton cœur, petite. »

En attendant, le vent noir l'accompagnait toujours. Un murmure. Un rire. Jessie s'était mise à le voir. De la paille dans un vent obscur. À l'entendre dans un cri de corbeau, à sentir sa présence. Elle en était le signe avant-coureur. C'était son destin. Ces montagnes le savaient-elles, qui s'étendaient jusque chez elle ?

Jessie avait vécu presque toute sa vie à Browning avec sa mère. Celle-ci lui manquait. Jessie regrettait son sourire doux et triste, son parfum, ses mains légères, la façon dont elle emplissait la maison de l'arôme du pain bannock. Sa voix lui manquait. Était-elle dans les montagnes, cette voix ? Jessie écoutait, mais n'entendait rien. En ces instants, elle aurait terriblement voulu se trouver avec sa mère. Pour lui poser la question. Est-ce que ce serait toujours vrai, ce qu'avait dit la vieille femme ? *N'y pense pas*. Mais le vent noir se levait, remuant d'autres souvenirs.

Plusieurs années après la mort de son père, sa mère avait eu un second enfant. Une petite fille qu'elle avait nommée Olivia. Le père était un camionneur alcoolo qu'Angela avait rencontré dans un bar de Shelby. Tandis qu'elle était à l'hôpital en train d'accoucher, le camionneur avait violé Jessie. Ensuite, il avait menacé de toutes les tuer si elle parlait. Jessie avait onze ans. Elle n'avait pas parlé. Et puis, un jour d'hiver, on leur avait appris que le camion avait eu un accident près de Standoff. L'homme était mort. Angela s'était enfermée pour le pleurer, tandis que les vents froids soufflaient depuis les monts Bitterroot – les montagnes des Racines-Amères.

Tandis que le camion blindé dépassait le *Stardust*, Jessie essayait de repousser les souvenirs. C'était futile. Même à présent, dans un autre monde, à Las Vegas. S'il te plaît, Olivia. S'il te plaît… le vent… le vent noir était là, il éparpillait la neige. Aveuglant. Mordant. Le vent noir la poussait, la frappait. Elle marchait aussi vite que possible. Le vent lui dérobait son souffle. La neige lui fondait dans les yeux, brouillant sa vision. Plus vite. Marche plus vite. En serrant sa petite sœur, le bébé Olivia, contre sa poitrine. Olivia, nue contre sa peau. Sa minuscule chaleur. *Qui diminuait*. Enveloppée dans sa chemise, un manteau usé, des vieilles couvertures. Le vent glacé qui transperçait Olivia en passant par les trous. Le halo des phares, la neige qui crissait sous les pneus tandis que la voiture roulait lentement jusqu'à elle. La chaleur qui en émanait, quand on avait baissé la vitre. « Où tu vas, là ? » avait demandé le policier en patrouille sur l'autoroute. Le visage de Jessie était tout engourdi. « Ma sœur est malade. » La voiture s'était arrêtée dans un grincement de freins, on avait ouvert la porte. « Tu as un bébé là-dessous ! Laisse-moi voir. Jésus ! Monte. Je vais t'emmener à l'hôpital de Cutbank ! » Un jeune policier. Son air inquiet. Le rythme des essuie-glaces. Il parlait dans sa radio. L'odeur de son eau de Cologne. Jessie pouvait sentir sa peau qui dégelait, qui la picotait, qui la démangeait. Olivia, toute bleue. Les yeux grands ouverts. Qui ne bouge pas. Qui ne respire pas. Le vent noir souffle, et la sirène n'arrête pas de hurler.

Le camion blindé dépassa le *Mirage*. Jessie aimait la façon dont l'édifice reflétait le soleil. Elle haussa les épaules, écartant la pensée de Gask. Des gens comme Gask ne l'intimidaient pas. Elle n'avait peur de personne. Car le savoir qu'elle possédait ne pouvait être mesuré par les vingt-six années de son existence, une existence plongée dans la souffrance, une existence bouillonnant de forces cosmiques et d'anciennes vérités. Son cœur avait voyagé dans des régions que peu de gens pouvaient conjurer, même en rêve. Cela se voyait sur la photo de la carte d'identité attachée sur sa poitrine. Son joli visage était un mystère. Un éclat d'arrogance dans les yeux qui se plissaient un peu pour offrir un sourire. Ou un rictus, une expression qui révélait à des gens comme Gask la dure évidence qu'ils ne pouvaient tolérer : leur insignifiance. Le visage de Jessie manifestait un légitime mépris à l'égard de toutes les injustices qu'elle avait subies. Il exprimait un calme vengeur. Parce qu'elle avait acheté des secrets. Payé rubis sur l'ongle avec ses larmes. Son sang. Sa vie. Elle était venue à Las Vegas, la cité du risque, mais pas pour parier.

Pour encaisser.

Ils étaient arrivés au lieu de leur livraison suivante. Le camion blindé quitta le boulevard Las Vegas pour pénétrer dans l'entrée du casino. Gask mit des initiales sur son *clipboard*. « On est prêt, derrière, Re... Gil ?

— Prêt.

— OK, Scout. On a un tas de guichets dans ce coin-là. Ça va être trente minutes à l'intérieur, et ensuite on a quatre autres grosses livraisons. Tu connais la procédure. Nous déposer à l'arrière, nous reprendre à l'avant. Entrée principale. Tu crois que ta cervelle de sang-mêlé peut gérer ça ? »

Elle resta silencieuse tout en manœuvrant le camion dans le terrain de stationnement du casino.

« T'as entendu ce que j'ai dit, Scout ? » Gask la regardait.

« Je connais mon boulot. » Elle arrêta le camion bien proprement à l'entrée arrière du casino, jeta un coup d'œil à Gask puis transmit leur arrivée au répartiteur de la *Forged*. La mâchoire de Gask tressautait. Il cracha son cure-dent et se pencha vers elle.

« Avant la fin de la journée, Scout, toi et moi on va avoir une petite conversation sur ton attitude. » Son souffle sentait le café et le whisky qu'il y avait mélangé pour célébrer sa retraite proche. « Peut-être que tu réalises pas que t'es bien proche de voir tes fesses de Pocahontas renvoyées à coups de savate dans la réserve, où tu liras des numéros de bingo sur des balles de ping-pong à des vieilles squaws édentées. »

Jessie le regarda avec calme, sans rien dire.

Gask l'observa d'un œil dur et froid pendant un long moment, puis il lâcha : « Viens-t'en, Recuit. »

Il sortit avec Pérez. Celui-ci chargea rapidement le chariot avec les sacs qui contenaient près d'un

million de dollars en billets non marqués, tandis que
Gask surveillait les environs. Les caméras de sécurité du casino enregistraient leurs activités tandis
que des joueurs et leurs familles ralentissaient le
pas pour les regarder, avec la vieille blague : « Les
jackpots sont arrivés ! » Ils roulèrent le chariot dans
le casino, avec Gask qui jetait des regards vers le
camion par-dessus son épaule, tandis que Jessie
roulait vers l'entrée principale.

Un vent noir se levait.

◆

Une demi-heure après, ils avaient fini de remplir
le dernier guichet automatique du casino, et Gask
savourait l'air conditionné ; il décida d'aller pisser
avant de repartir pour l'entrée principale avec Pérez
afin de retrouver Scout.

« Tu participes à l'histoire de Las Vegas, Gil, tu
savais ça ? » dit Gask devant l'urinoir, tandis qu'il
se soulageait.

Courbé sur l'évier, Pérez se passait de l'eau froide
sur la figure. « Non.

— Quand je m'en vais à la fin de la semaine, je
vais laisser une feuille de pertes vide, un record
que personne ne pourra aligner dans cette ville.

— Roger Maddison a pas pris sa retraite de la
Titan Federal, il y a quelques mois ? Il a passé vingt-
sept ans sans pertes.

— Non, je crois pas.

— C'était dans le bulletin. Ton record viendra
en second. En troisième, de fait. Pike Radeaux,
chez *Titan*, il est parti l'an dernier. Vingt-cinq ans
sans pertes.

« — Non, tu te goures.

— J'ai encore le bulletin quelque part. Je te montrerai.

— Ce bulletin, c'était des conneries. » Gask appuya sur la chasse d'eau. « Qu'est-ce que tu peux foutre bien savoir, Recuit ? Allons-y. Jésus ! Pourquoi je gâche ma salive avec toi ? »

Les roues du chariot désormais vide s'enfonçaient dans la carpette du foyer tandis que Pérez le poussait vers l'entrée principale. Au milieu de l'éternel vacarme des machines à sous, Gask essaya en vain de repérer les couleurs familières du camion blindé de la *Forged* à travers les portes vitrées. Pas de camion. Pas de Scout.

« Cette foutue squaw a intérêt à avoir une bonne explication ! » Les doigts de Gask saisirent sa radio ; il savait que, dès le moment où il appellerait Scout en ligne, il exposerait à toute la flotte des livreurs un foutoir qui lui serait attribué.

Il suspendit son geste.

« Pérez, vite, vérifie à l'arrière. Elle a peut-être eu une panne. Je chercherai dans le stationnement à l'avant. Retrouve-moi là. Grouille ! »

Gask frissonna sous le soleil qui plombait, avec ses clés qui tintaient au rythme de ses pas. Pas de trace du camion à l'avant.

Pérez revint, hors d'haleine. « Elle a disparu, Elmer. » Il se plia en deux en cherchant son souffle. « C'était peut-être à l'autre livraison, les deux gars qui ont touché le camion ? »

Gask sentit ses tripes se nouer. À quatre jours de la retraite. Vingt-deux ans. Son bonus de vingt-deux mille dollars était en train de s'évaporer dans ce stationnement de casino à cause de cette foutue squaw stupide !

« On ferait mieux de le signaler, non, Elmer ? »

Gask n'arrivait pas à croire qu'il s'était fait enculer comme ça. « Pourquoi ?

— Elmer, elle pourrait avoir été prise en otage. Jésus, signale ! »

Gask examina le terrain de stationnement, en essayant de forcer le camion à apparaître. Bon Dieu de merde. C'était une attaque. Ça devait. Pendant son bon Dieu de quart. Ses vingt-deux mille dollars.

« Elmer, appelle ! » La main de Pérez tremblait tandis qu'il en passait le revers sur ses lèvres sèches. « Ils pourraient la tuer ! »

Gask porta le walkie-talkie à sa bouche. « Soixante-cinq. Soixante-cinq. Ici Trois. Vérification radio ?

— Elmer. »

Gask perdait du temps à essayer de couvrir ses arrières.

« Soixante-cinq, Soixante-cinq, ici Trois. Vérification radio ! »

Rien.

« Central à Trois. Y a un problème ? »

Pérez le regardait fixement.

Gask déglutit avec difficulté. « On a été attaqués.

— Répète, Trois ?

— Attaqués. On ne peut pas communiquer avec notre chauffeur. »

◆

La *U.S. Forged Armored Inc.* activa immédiatement sa procédure de perte, alertant un opérateur 911 de Las Vegas, puis Len Dawson, le gérant de la compagnie pour Las Vegas. Celui-ci avertit Wade Smith, son superviseur au quartier général à Kansas

City. Smith prévint Dawson qu'il devrait « avoir la tête de quelqu'un si on perd des points ». Dawson se rendit en voiture sur les lieux de l'incident en calculant une perte de plusieurs millions de dollars, un impact sévère sur les taux d'assurance de la compagnie. Peut-être pouvait-on coincer le casino avec une poursuite de responsabilité partielle ? Dawson maudit le fait que l'équipe de Gask avait le camion dépourvu de transmetteur de position. Le salut de Scout n'entrait pas dans ses réflexions tandis qu'il surveillait les tentatives de la *Forged* pour entrer en contact avec elle par l'intermédiaire de la radio du camion et par son cellulaire.

L'unité 1065 ne répondait pas.

La police métropolitaine de Las Vegas diffusa un bulletin dans le comté de Clark et la Vallée. L'antenne du FBI à Las Vegas et la patrouille auto-routière de Las Vegas furent alertées. Deux mi-nutes plus tard, quatre voitures de la police urbaine dûment identifiées arrivèrent au casino, suivies par un sedan non identifié et les inspecteurs Todd Braddick et Chester King, de la section des vols de la police métropolitaine. Avant de pouvoir entrer dans le foyer du casino, ils furent assaillis par une équipe de la Chaîne 13 et Ray Davis, le reporter criminel senior du *Review Journal*.

« Chester, vous avez une seconde ? » Davis ouvrit son calepin. « On a entendu dire que c'est une attaque de camion blindé, avec des gros chiffres en jeu ? »

King sourit. Il faisait plus d'un mètre quatre-vingts de haut, un doux géant dont l'assurance venait de douze ans passés à enquêter sur des vols. Son partenaire, c'était une autre histoire. Braddick était inspecteur depuis moins de deux ans, et pourtant il faisait tout le temps le faraud. Séduisant. Célibataire. Il avait l'œil pour les détails, un vrai laser, et c'était en train de lui gagner toute une réputation, ça et sa langue genre couteau à cran d'arrêt. Il épuisait King.

Ils essayèrent en vain de se débarrasser des journalistes.

Davis reprit : « On a entendu dire trois ou quatre millions, c'est exact, Chester ? » King refusa de mordre à l'appât. Puis Seleena Ann Ramone, de la Chaîne 3, lui poussa son micro sous le nez. « Avez-vous déjà retrouvé la chauffeuse ? »

Braddick secoua la tête. « Laisse-nous une chance, ma jolie.

— Ma jolie ?

— Les gars, je vous en prie. » King écarta les mains. « Nous venons juste d'arriver. Vous en savez plus que nous. On vous recontactera. Merci. »

À l'intérieur, on dirigea les inspecteurs vers un bureau situé derrière la réception. Une demi-douzaine de gens regardaient le directeur de la *Forged* s'empoigner avec Théo Fontaine, le chef de la sécurité du casino.

« ... c'est vous, pas le casino, disait Fontaine.

— Répondez simplement à ma question. Avez-vous, oui ou non, bouclé le périmètre de votre casino une fois que mes gens ont rapporté le vol ? dit Dawson.

— Vos gens ne nous ont jamais pipé mot. C'est la police qui nous a appelés, monsieur. Ne nous mettez pas ça sur le dos.

— Excusez-nous, messieurs, dit Braddick. Police métropolitaine, Section des vols. Braddick et King.

Nous aimerions interroger l'équipe du camion blindé, s'il vous plaît. Je suppose que c'est vous deux ?» Il désignait Gask et Pérez. Ils acquiescèrent.

« Théo, pourriez-vous nous sortir tous vos enregistrements de sécurité ? demanda King.

— C'est en route, Chester.»

King adressa un hochement de tête à Gask. « Monsieur, pourriez-vous m'accompagner ? L'inspecteur Braddick interrogera votre équipier. Théo, on va avoir besoin de bureaux séparés.

— Pas de problème.» Il leur montra le chemin.

«Inspecteur, dit Dawson. J'aimerais parler d'abord avec mon équipe, si possible… Je voudrais vérifier avec eux le journal de bord et les feuilles de livraison.

— Et vous êtes… ? dit King.

— Len Dawson. Gérant des opérations de la *Forged* ici.

— Monsieur Dawson, une fois que nous aurons fini, vous les aurez tout à vous.»

Fontaine mena Braddick et Pérez dans une petite salle de réunion. Moquette luxueuse. Mur de verre sans tain, du plafond au plancher, donnant sur la piscine extérieure. Grande table d'acajou. Fauteuils de cuir épais. Murs lambrissés de bois sombre. Gil gonfla les joues puis exhala tandis que Braddick prenait son nom et d'autres détails, puis l'inspecteur demanda : «Il y avait combien dans le camion quand il a disparu, Gil ?

— Trois millions sept cent mille dollars. Pas marqués, et des numéros qui ne se suivaient pas.

— Vous êtes sûr du chiffre ?

— C'est moi qui compte les sous.

— OK, parlez-moi de votre chauffeuse, Jessica Scout.

— Jessie était… est une fille bien. Elle m'a toujours défendu devant Elmer. C'est notre chef d'équipe.

— Vous avez besoin d'être défendu ?

— Il nous traitait de noms d'oiseaux. M'appelait "Recuit". Jessie, c'était "squaw", "Pocahontas". Elle est amérindienne. Elle lui tenait tête. Il fait bien son boulot. N'a jamais eu d'attaque réussie dans une de ses tournées. Il prend sa retraite cette semaine, après vingt-deux ans. C'est un patron drôlement dur.

— Gil, comment était Jessie, aujourd'hui ?

— Comme tous les jours. Tranquille. Plongée dans ses pensées. C'était une femme très discrète. Et si elle était morte ? Si on l'avait tuée ?

— Gil, nous n'avons aucune preuve de rien du tout. Ça fait seulement une heure qu'on enquête. Vous rappelez-vous quoi que ce soit d'inhabituel aujourd'hui ?

— Deux types.

— Oui ? » Braddick écrivait avec soin.

« La livraison avant celle-ci. Tenez, je l'ai écrit sur ma feuille de livraison. » Pérez la tendit à Braddick en expliquant : « Jessie a dit que deux joueurs sont venus trop près du camion. Elle a klaxonné pour les faire reculer.

— Peut-être une distraction pour cacher autre chose ?

— Vous pensez ? Et si on l'a tuée ? Il y avait trois millions sept dans le chargement. C'était moi le compteur, aujourd'hui…

— Oui, vous l'avez dit. Et c'était elle qui devait conduire ?

— Oui.

— Et le camion sans transmetteur ? Vous le saviez, aujourd'hui ?

— Oui. Chaque équipe est programmée à son tour pour le prendre.

— *À l'avance ?* » Braddick continua à écrire. « Depuis combien de temps Jessie travaille-t-elle pour la compagnie ?

— Quatre, presque cinq mois.

— Et vous ? Combien de temps ?

— Trois ans.

— Qu'est-ce que vous savez de Jessie ? Vous vous voyez en dehors du travail ?

— Non. Elle est timide, discrète.

— Des problèmes d'argent ? Des dettes ? De la drogue ? Elle joue ? Elle vit au-dessus de ses moyens ? »

Pérez secoua la tête.

— Non. Elle est timide, discrète.

— Vous savez ce qu'elle fait en dehors du travail ? Qui sont ses amis ?

— Comme j'ai dit, elle est très discrète.

— Vous ne savez donc rien d'elle, en fait ?

— Je… je suppose. Mince, je… je travaille avec Jessie depuis quatre mois !

— Gil, expliquez-moi pourquoi vous avez dit qu'elle est tellement discrète.

— D'après le peu qu'elle m'a dit, j'imagine qu'elle a eu une vie bien triste.

— Comment ça ?

— Elle a commencé à me dire, une fois, comment des trucs mauvais arrêtaient pas de la suivre.

— Quels trucs mauvais ?

— La mort.

— La mort ?

— Inspecteur, et si elle était déjà morte ? »

◆

À quelques portes de là, dans un bureau mal éclairé, Elmer Gask tira de sa poche de poitrine une plaquette de gomme à mâcher et un cure-dent neuf, se croisa les bras et s'adossa vigoureusement dans son fauteuil en regardant King.

« Ç'a été une vraie peste avec moi toute la matinée, c'est tout ce que je peux dire de son "comportement". » Le cure-dent remuait au rythme de sa mastication.

« Qu'est-ce qui est arrivé, selon vous ? »

Le cure-dent s'immobilisa en même temps que la gomme à mâcher.

« Je vais vous dire ce qui est arrivé ! » Les yeux de Gask s'écarquillaient de rage froide. « Je viens de perdre un bonus de vingt-deux mille dollars à cause de cette stupide squaw. »

King attendit l'explication.

« Je prends ma retraite à la fin de la semaine. On part avec une feuille de pertes vide, on reçoit mille dollars par année sans pertes.

— Quelle tragédie. Qu'est-ce qui est arrivé, alors, selon vous ?

— Si je le savais, on aurait retrouvé notre chargement. » Gask se remit à mâcher. « Elle a pas été prudente. Je lui ai dit d'être prudente après l'incident avec les deux connards, à la livraison précédente.

— Les deux types qui se sont approchés du camion ?

— Je lui ai dit d'appeler le répartiteur pendant qu'on était là à remplir les guichets.

— Elle l'a fait ?

— J'en doute.

— Et son passé, son histoire personnelle, sa carrière ?

— Squaw ou métisse d'une réserve sur l'assistance sociale, au Montana ou dans un autre État du bout du monde dans ce genre-là. L'est censée avoir fait un bon travail comme agent de sécurité pour une tapette qui vendait des antiquités à New York. Si vous voulez mon avis, on l'avait engagée à cause de la loi. Le bon sexe, la bonne race, la bonne bonne à rien.

— Vous croyez qu'elle n'était pas qualifiée ?

— C'est pas moi qui les engage, Chester.

— Quel genre de chauffeur c'était ?

— En dessous de la moyenne.

— Son passé ? Des dettes, des mauvaises habitudes, des chantages ?

— Je saurais rien de toute cette merde.

— Parlez-moi d'aujourd'hui, quelle sorte de jour c'était ?

— La routine, on faisait juste nos livraisons.

— Et le camion, il n'avait pas de transmetteur ?

— C'était son boulot, comme chauffeur, de s'occuper de ça. Je lui ai dit de le faire réparer. Elle m'a ignoré.

— Vous n'êtes pas son superviseur ? »

Gask réfléchit un peu sur la manière dont il devrait répondre.

« Ouais, et je l'ai supervisée pour qu'elle s'occupe de faire réparer l'émetteur. J'avais l'intention de la rapporter parce qu'elle avait pas donné suite.

— Je vois. Que savez-vous de Jessica Scout, de ses connaissances ?

— Pas une foutue miette. Elle ne me parlait jamais. Je vous dis, c'était une foutue glacière qui faisait comme si elle était mieux que tout le monde.

— Parlez-moi de Gil Pérez ?

— Un genre de mangeur de haricots sournois.

— Ah oui ?

— Il parle toujours de son rêve d'ouvrir son commerce de lavage de voitures. Tout ce qui le retient, c'est le manque de fric.

— Vraiment ?

— Vraiment.

— Et vous, Elmer, de quoi vous parlez ?

— De football et de l'Amérique.

— Quoi, l'Amérique ?

— Elle est pas mal fuckée.

— Qu'est-ce qui est vraiment arrivé à cet argent ?

— Jessica Scout s'est fait coincer. Elle pensait qu'elle savait tout. L'a baissé sa garde, et maintenant, elle a disparu.

— Cette perspective ne vous met pas exactement les larmes aux yeux. »

Gask fit passer le cure-dent de l'autre côté de sa bouche, puis se pencha vers King : « Son idiotie m'a coûté vingt-deux mille dollars.

— Mais vous rentrez dans vos frais.

— Comment ça, Chester ?

— Scout a peut-être payé de sa vie. »

◆

Plus tard, Braddick et King comparèrent leurs notes à une table tranquille du bar le plus proche dans le casino, dont les jeux comportaient une section de keno et qui y entretenait un service de boisson.

Braddick commença : « Mon gars a peur qu'elle ne soit morte.

— Le mien espère qu'elle l'est », dit King, avant que son téléavertisseur se mette à résonner. Il lut le numéro de l'appel. « On dirait que c'est les Feds », annonça-t-il en plissant les yeux et en inclinant le téléavertisseur pour avoir un meilleur éclairage. « Ouais. Le FBI offre son aide. Je vais les appeler.

— Trois point sept. Comment tu vois ça, Chester ? Quelqu'un sur place ? à l'extérieur ?

— Les deux. »

◆

Les lunettes noires de Joe Deux-Lames réfléchissaient le soleil, le ciel sans nuages et les entrepôts d'une zone de Las Vegas consacrée aux industries légères.

Et si quelque chose était allé de travers ? Il observait le garage, à une centaine de mètres. Il ne voulait pas en être trop proche au cas où quelque chose aurait mal tourné. Rien ne semblait avoir attiré les soupçons, tout avait marché sur des roulettes. Tous les détails soigneusement préparés avaient fonctionné bien proprement.

Il vérifia sa montre puis le cellulaire qui se trouvait près de lui sur le siège. Ses mains transpiraient dans les deux paires de gants de caoutchouc chirurgicaux qu'il portait. L'air conditionné de la voiture le gardait au frais. Il s'obligea à rester calme. Il avait déjà vécu cela. Vingt-cinq ans plus tôt. *Personne ne mourra, cette fois-ci.* Mais si elle n'y est pas arrivée ? Que ferait-il ? Il l'ignorait. C'était le seul événement pour lequel il n'avait pas de plan. Il avait besoin de

Jessie comme il avait besoin d'air pour respirer. Le reste de sa vie en dépendait.

Son téléphone sonna.

« Oui, dit-il.

— ETA à dix heures moins sept.

— Merci. »

Deux-Lames roula le long d'une allée de service, derrière les édifices, et s'arrêta à l'arrière d'un garage qui portait une petite pancarte peinte : *Association automobile américaine — Réparations de blindage*. C'était un bâtiment de parpaings à un étage. Il y avait trois aires de réparation, avec une porte à commande électronique à l'avant et à l'arrière. Il déverrouilla la porte, stationna sa voiture dans une des aires puis referma la porte arrière. Le garage était propre, et vide. Il avait un petit bureau et une salle de bain. Joe alla à l'établi et y alluma un scanneur ; les messages de la police urbaine de Las Vegas résonnèrent, très clairs.

Un klaxon retentit, deux petits coups rapides, à l'avant de l'édifice.

Deux-Lames appuya sur un interrupteur, la porte se releva, un moteur accéléra et un camion blindé de marque Ford se glissa à l'intérieur, avec les inscriptions de la *U.S. Forged* sur les côtés. La porte se referma sur une autre commande électronique. Jessie Scout sortit du véhicule et jeta un coup d'œil à sa montre.

« Dix-neuf minutes depuis mon départ. »

Joe lui lança deux paires de gants de caoutchouc. « Chaque seconde compte. Tu sais quoi faire. »

Jessie déverrouilla la porte coulissante du camion, entra et fit glisser trois sacs de toile vers lui. À eux trois, ils pesaient bien près de vingt kilos, se dit-il en les portant vers l'établi. L'argent était enveloppé de plastique bleu, trois paquets de billets de cent, de cinquante et de vingt. Ils étalèrent les paquets sur la table.

« Trois millions sept cent mille, dit Jessie. Non marqués. »

Joe prit un détecteur de métal et le fit lentement passer sur l'argent, à plusieurs reprises. Pas d'émetteurs. Il prit un paquet, releva une jambe de son pantalon et frotta le paquet contre sa peau moite. Puis, avec une lampe à ultraviolets, il éclaira sa jambe. Rien. Pas de produits chimiques. Il entassa avec soin les paquets dans des contenants médicaux de plastique blanc, dont les couvercles avertissaient :

DANGER. NE PAS OUVRIR
DÉCHETS MÉDICAUX
MATÉRIAUX ORGANIQUES CONTAMINÉS

Il scella les contenants, les rangea dans trois mallettes noires qu'il plaça ensuite à l'arrière de sa voiture. Puis, il saisit un couteau et un rouleau de bande adhésive argentée, ainsi qu'une petite boîte. Son regard croisa celui de Jessie. « Prête ? »

Elle acquiesça et grimpa de nouveau dans le camion. Il lui attacha les chevilles, les genoux et les poignets, en évitant les gants de caoutchouc, et enfin la bouche. Il plongea de nouveau son regard dans le sien et lui caressa les cheveux.

Elle était prête. Elle roula sur le ventre.

Joe tira le Glock de son étui, l'examina, ôta la sécurité, plaça une balle dans la chambre puis posa le museau du pistolet contre le dos de Jessie, presque à plat, tout en le pressant légèrement contre la partie charnue de la hanche. La balle l'éraflerait. Les doigts de Joe se glissèrent autour de la détente. Il pouvait voir le joli visage de Jessie, à demi tourné vers lui ; elle clignait des yeux, dans l'attente du coup de feu.

Juste assez pour saigner, se rappela-t-il.

Elle hocha la tête.

Il tira. Elle tressaillit, avec un grognement. Une petite déchirure aux bords noircis par la poudre était apparue sur son uniforme. Le sang jaillissait de la plaie. Joe examina celle-ci. Une petite éraflure calcinée. La peau était déchirée. Joe coupa la bande sur la bouche et les poignets de Jessie, en s'assurant qu'il y avait du sang sur les morceaux qui restaient. Les morceaux d'adhésif, avec son sang, ses cheveux et les fibres de son uniforme resteraient dans le camion.

«OK ?

— Ça brûle un peu, mais ça va.

— Je vais te panser.»

Il ouvrit la boîte de premiers soins. Jessie ôta sa chemise. Elle tressaillit quand il passa de l'iode sur la blessure, plus que lorsqu'elle avait été blessée. Il pansa la blessure.

«On a presque fini. Debout.»

Jessie déboucla sa ceinture, la laissa tomber à terre. Joe jeta le Glock dans le camion. Jessie défit son pantalon, le lui tendit. Il le déchira près de la fermeture éclair.

«On arrive à la demi-heure», dit-il en ramassant le couteau, l'adhésif et la boîte de premiers soins pour les jeter dans la poubelle tout en se hâtant vers le petit bureau. Jessie, réduite à présent à ses dessous, rassembla ses cheveux tout en se hâtant elle-même vers la salle de bain du garage.

Dans le bureau, Joe se changea : un pantalon neuf bien repassé, une chemise rayée, des chaussures

Gucci et une veste d'allure classique. Il peigna ses cheveux argentés bien coupés, puis chaussa une paire de lunettes à monture métallique.

Collé sous le bureau se trouvait une enveloppe brune contenant plusieurs passeports, des permis de conduire, des cartes de crédit, de l'argent liquide. Il les plaça dans sa poche de poitrine. Puis il rassembla tout ce qui se trouvait sur l'établi et le jeta dans la poubelle, à l'exception du scanneur radio. Ça, ça allait dans la voiture. Il laissa la vitre baissée afin de pouvoir continuer à entendre. Il alla ouvrir le coffre arrière. Un fauteuil roulant y était plié. Puis il passa en revue tout le garage. Il ne restait rien. Rien. Il referma les portes du camion de la *Forged* puis déplia une bâche de nylon blanc qu'il jeta sur le camion, en la tirant bien là où les côtés étaient inégaux. Il vérifia la note imprimée qu'il avait collée précédemment à la fenêtre de la porte close :

FERMÉ INDÉFINIMENT
POUR CAUSE DE DÉCÈS

« Prête », dit la vieille femme qui était sortie de la salle de bain. Elle portait un chandail léger qui lui arrivait aux genoux, sur un caftan imprimé de motifs floraux et des chaussures à talon plat. Une écharpe vert émeraude dissimulait son cou, ses cheveux gris lui arrivaient aux épaules, encadrant son visage revêche au teint brouillé sous de larges lunettes noires. Elle portait des gants de caoutchouc et serrait un sac à main brun. Tandis qu'elle marchait vers le siège du passager, à l'avant, elle était repliée sur elle-même comme si elle était malade ou en proie à des douleurs.

Joe prit le contenu de la poubelle puis attacha les trois gros sacs à ordures du garage et les jeta dans le coffre de la voiture. Après avoir appuyé sur le bouton électrique de la porte, il fit rouler la voiture dehors et s'arrêta pour refermer la porte du garage avant de partir par l'allée qui se trouvait à l'arrière.

À plusieurs pâtés d'immeubles de là, il s'arrêta pour jeter les sacs à ordures dans le conteneur d'un entrepôt. Il connaissait les horaires. Ce conteneur serait vidé le lendemain matin.

Ils roulaient depuis longtemps sur l'autoroute 15 parallèle au Strip, en direction du sud, lorsque leur scanneur portatif crépita avec la première annonce d'une attaque contre un camion blindé devant un casino situé sur le boulevard Las Vegas.

« Jusque-là, ça va », dit Joe en jetant le scanneur par la fenêtre alors qu'ils approchaient du terminal d'*Exec Air*, à l'aéroport de McCarran.

Jessie ne disait rien. Elle regardait vers l'ouest, vers les montagnes.

◆

L'agente de *Desert Airstream Services* sortit de derrière son comptoir pour accueillir la vieille femme dans son fauteuil roulant, et son médecin.

« Docteur Hegel. Tout est prêt. Quelle jolie écharpe, madame Duggan », dit-elle après avoir appelé l'équipe de sol. Ils aidèrent Hegel à installer confortablement sa patiente à bord de son vol nolisé en aller simple jusqu'à Orange County.

Heather Duggan, une héritière de casino qui vivait en recluse, avait une maladie en phase terminale, avait expliqué son médecin quelques semaines plus tôt. C'était son désir de mourir en Californie, où elle était née. Hegel avait pris les arrangements pour le voyage, en payant comptant à l'avance. Il avait inclus de gros pourboires afin de voir respectée l'intimité de l'excentrique.

Une touche plaisante, ces roses fraîchement coupées, dans l'avion, pensa Joe tandis que le petit Cessna fonçait au-dessus des monts Spring, environ quatre-vingt-dix minutes après la fuite de Jessie avec trois millions sept cent mille dollars en billets non marqués.

Ce soir-là, après avoir dîné dans le restaurant du *Ramada Inn* de Santa Ana, Joe lui dit qu'il désirait faire quelque chose dont il avait rêvé toute sa vie, et ils se rendirent en voiture à Newport Beach, où ils regardèrent le soleil se coucher sur l'océan.

«Je ne t'ai jamais vraiment connue, Jessie», dit-il alors qu'ils marchaient au bord des vagues. «J'étais furieux qu'Angela se soit mise avec un Blanc. Je pensais : comment ma sœur peut-elle trahir son peuple, son sang? J'étais dévoré par la colère. J'ai perdu mon chemin dans le monde et je me suis retrouvé dans une cellule.

Des mouettes criaillaient au-dessus de leur tête.

«Je n'avais jamais eu l'intention que cet homme meure comme ça, à San Diego, le garde du camion blindé. C'était une terrible erreur. Un acte terrible, et je l'ai payé de vingt-cinq ans de ma vie.»

Le soleil illuminait d'or les replis de son visage triste et las, tandis qu'ils scrutaient l'horizon. «J'ai beaucoup réfléchi pendant ces vingt-cinq ans, en me demandant comment je pourrais remettre les choses à l'endroit.

— Ma mère était fâchée que je t'aie écrit en prison. Elle disait que tu ne valais rien, Joe.

— Elle avait droit à son opinion. Elle l'a toujours, surtout maintenant. J'ai entendu qu'elle a moins de trois mois à vivre, avec sa maladie.»

Jessie hocha la tête.

« Jessie, tes lettres m'ont maintenu en vie pendant mes moments les plus noirs. M'ont donné une raison de vouloir faire pénitence pour avoir déserté mon propre sang, ma famille, quand on avait besoin de moi.

— Tu es le seul qui sache la vérité sur tout ce qui est arrivé dans mon enfance.

— Ça me peinait plus que tu ne peux le croire, de lire tout ça, de lire ta souffrance. Je savais dans mon cœur que tu n'avais rien fait pour le mériter. J'ai pensé qu'on te devait une vie, et que je pouvais t'aider à l'avoir.»

Jessie prit la main de son oncle pour la serrer.

« Rappelle-toi, tu ne dois jamais téléphoner à ta mère ni la voir. Une fois que le FBI aura élucidé l'affaire, ils seront aux aguets. Si tu veux survivre, tu dois la laisser passer ses derniers jours en te croyant morte. C'est mieux ainsi. Tu la verras dans l'autre monde.»

Jessie essuya une larme sur sa joue.

Comme s'il avait lu dans son esprit, Joe reprit : «Pas même une lettre, Jessie.»

Elle acquiesça. Ils avaient déjà discuté de tous les détails.

«Cet endroit semble très bien.» Joe s'arrêta, tira une serviette de l'hôtel de son sac et commença à se dévêtir. Jessie fut surprise. Il portait un maillot de bain. «J'ai toujours rêvé de nager dans l'océan», dit-il.

À cinquante-quatre ans, il avait le corps ferme et musclé d'un homme trente ans plus jeune, le bénéfice de s'être maintenu en forme pendant son séjour à Folson. Jessie remarqua le petit tatouage, sur son épaule, qui ressemblait à un orage sur des montagnes.

« Qu'est-ce que ça veut dire, ça ?

— Ça ? Je l'ai reçu d'un vieux chef que j'ai rencontré dans la cour C, la deuxième année que j'étais dedans, dit-il. C'est drôle. Je voulais un aigle. Mais il a beaucoup insisté pour que je prenne celui-ci.

— Mais qu'est-ce que c'est, ça veut dire quoi ?

— Il a dit que c'était le symbole d'une entité qui donne la paix après l'orage. Plutôt chouette, tu ne trouves pas ? »

Jessie hocha la tête.

« Le vieux l'appelait "le Cavalier de l'Éclair". »

Joe Deux-Lames s'avança dans l'océan, laissant Jessie seule sur la plage, en train d'essuyer ses larmes, baignée par la chaleur du soleil couchant.

Parution originale : Lightning Rider,
Murder in Vegas, Forge, 2005.

PELUCHE FRELUCHE

DENNIS RICHARD MURPHY

Ray le Radical aimait encore plus Ramona Sans-Abri que le crack : quand il la trouva flottant sur le dos dans l'étang à l'arrière du 1279, rue Briarthorn, il versa de véritables larmes pour la première fois depuis Davy.

Briarthorn Crescent est la principale artère du regroupement de résidences haut de gamme baptisé « le Gros Lot », d'où des gens comme Ray et Le Général se font escorter dare-dare cinq minutes après que les nounous portoricaines ont appelé les flics sur leur cellulaire. Le plus près que les sans-abri s'approchent du Gros Lot, ce sont les ravins humides qui procurent aux résidents des panoramas feuillus depuis les fenêtres de leurs cuisines rénovées, et les campements saisonniers des gens de la rue, qui passent sous le radar de la police. « Si on n'y voit pas, on n'y pense pas », comme disait Gran.

Une centaine d'années plus tôt, la vallée était une pionnière, le berceau des fabriques et des briqueteries qui permettaient l'invasion du territoire. À présent, elle abrite une autoroute à six voies engorgées, enrubannée de pans de verdure. À quelques mètres seulement des yeux louchons des conducteurs bloqués à l'heure de pointe se trouve un monde invisible, qu'ils ne peuvent imaginer.

Ray le Radical avait reçu son nom de rue du Général, un vieux grognon roi du coin depuis le temps où la drogue à la mode était le vin blanc doux. Quand Ray avait dit qu'il aurait dû y avoir davantage de toilettes publiques au centre-ville, Le Général l'avait baptisé Ray le Radical. Le nom était resté, même si Ray ne pouvait s'en rappeler l'origine. Depuis la mort de Davy, il avait appris à ne plus penser au passé. Les drogues y aidaient. Parfois, il ne pouvait se souvenir du petit-déjeuner, mais la plupart du temps, il n'en avait pas eu à se rappeler.

Ray avait rencontré Ramona Sans-Abri au printemps, après ce premier hiver si dur, alors que la banque alimentaire se trouvait encore dans le vieil entrepôt au bout de la rue Taylor, là où elle arrive au lac. Les vendredis matin, c'est le jour de la répartition. Si on arrive à l'heure et qu'on aide à trier les donations hebdomadaires, on peut choisir en premier. Ray, Le Général, deux types grisonnants venus de la grille de métro située au-dessus de la station de la rue Scully et la mère Pooney, accompagnée de sa ribambelle de mômes, se trouvaient là tôt, par un froid matin de mars. La vapeur blanche de leur haleine avariée se mêlait au souffle mentholé des volontaires féminines qui avaient passé leur nuit dans de grands lits, des jolies dames aux cheveux propres attachés par des rubans bien repassés, avec des écharpes de soie aux couleurs éclatantes, des manteaux de duvet matelassés avec les marques visibles à l'extérieur, et des chaussettes de travail neuves bien chaudes, bordées de rouge. Un pâle soleil jaune citron se déversait des hautes fenêtres à claire-voie malpropres, au-dessus de leur tête, et des rayons de poussières dansantes illuminaient le petit groupe, un tableau sépia d'ouvriers d'avant les révolutions passées ou à venir. Les boîtes de conserve sur une palette de bois, les pâtes sur une autre. Boîtes de conserve. Pâtes. Boîtes de conserve, pâtes...

Ramona Sans-Abri était arrivée en retard, et elle n'aidait pas. Elle se tenait bien droite près de son panier de métal argenté, observant la procédure, les bras serrés contre les flancs, les mains enfoncées dans des poches profondes. Ray se sentait mal fichu ce jour-là, comme la plupart du temps. Il l'observait du coin d'un œil encroûté. Le bonnet géant en velours vert était tiré bas vers une écharpe couleur caramel, et tout ce qu'il pouvait distinguer, c'était quelques fines mèches de cheveux couleur de pâtes et les yeux, de luisantes olives noires qui regardaient à droite et à gauche, surveillant tous les mouvements comme un chef anxieux surveille un nouvel apprenti dans sa cuisine. Le manteau en tissu pendait lourdement sur les chevilles gainées de bottines de marche en cuir usé, de bonnes chaussures, avec des crochets sur le dessus au lieu d'œillets, pour bien resserrer les lacets. Le manteau avait été vert autrefois, ou peut-être gris, avec de larges revers et des manches à énormes poignets, chic, et même coûteux, en son temps.

Quand Ramona vit Ray ramasser une boîte de biscuits garnis de chocolat, elle émit un pépiement, une sorte de toux ténue mais insistante, un « ké-ké-ké » à peine audible. Les volontaires et les sans-abri levèrent les yeux, des marionnettes au bout du même fil, pour voir son bras levé et son index tendu. Elle portait des gants de laine, le genre dont on peut enlever l'extrémité pour prendre de la monnaie ou ramasser un mégot de cigarette, et son doigt pointait impérialement de la laine comme la tête de moineau sort d'une maison à oiseau fabriquée par un scout, formant le même angle que son regard hautain. Ray se sentit forcé de regarder les biscuits qu'il tenait, puis de relever les yeux pour croiser ce regard fixe. Elle hocha la tête, un geste bref, net et surprenant, et il se dirigea vers elle, hypnotisé, pour lui donner la boîte. Tandis que les volontaires restaient stupéfiées, reconnaissant avec révérence un véritable raffinement, les sans-abri en profitèrent pour se bourrer les poches des produits de choix, des portions individuelles sous plastique de crème au caramel, une méga-boîte de soupe aux haricots noirs de monsieur Gouda, une poêlée sous papier alu de pop-corn, une barre de Snickers éventée.

Quelque part sous cet amoncellement de vieux habits et de désinvolture, il y avait une femme qui méritait d'être connue, se dit Ray. Avec la migraine qui lui tambourinait dans la tête, son nez qui coulait et toutes ses articulations qui lui faisaient mal à force de mauvais traitements, il la rattrapa en traînant les pieds là où la rangée de toilettes portables montait la garde à l'arrière du quai d'embarquement.

— Excusez-moi, m'dame, dit-il.

Il n'avait appelé personne « m'dame » depuis le temps où Gran insistait pour qu'il le fasse. Ramona s'immobilisa. Plus petite que lui d'une bonne tête, elle avait pourtant l'air de le regarder de haut.

— Puis-je vous aider, jeune homme ?

Elle parlait même comme Gran. Comme la Reine Mère. Avec une… supériorité, une désinvolture issue d'un endroit où Ray n'irait jamais.

— Ces… euh… ces biscuits que vous avez, ce sont… euh… ce sont des maud… des sacrés bons biscuits, m'dame.

Il n'avait pas réfléchi à ce qu'il voulait dire. Ramona resta silencieuse.

— On avait les mêmes dans l'armoire.

Pas de réaction. Il se mit à transpirer. Des olives noires et luisantes étaient rivées à ses yeux larmoyants qu'il n'essuyait pas, et il dut détourner le regard avant de trouver la force de reprendre.

— Le haut de l'armoire, m'dame, plus haut qu'on pouvait aller, Davy et moi…

Dans le temps, à Gander, avant que Davy se noie, avant que les ennuis commencent.

— Consommez-vous des drogues, jeune homme?

Ray se sentit devenir brûlant, comme si son cerveau avait rougi, comme si ses paroles étaient aussi visibles que son souffle et pouvaient être examinées, testées, infirmées, jusqu'à ce que tous les secrets soient révélés.

— Oui, m'dame.

— Vous êtes stupide.

Elle prononçait « sss-tuuu-pide ».

— Oui, m'dame.

— Arrêtez, alors. C'est idiot. C'est une pose. Vous n'avez pas besoin d'être un poseur.

Elle se détourna pour tirer son panier devant les toilettes, poussa fort sur la lourde barre métallique de la porte de sortie en acier et disparut dans les rafales frénétiques du matin. Ray la regarda disparaître, les jambes aussi lourdes que celles d'un vieillard, le cœur exalté comme celui d'un gamin, gonflé d'émotion, embarrassé par ses relations, honteux de son échec à faire preuve de maturité.

— Oui, m'dame, dit-il pour lui-même.

Une voix assurée, qui ne s'était pas fait entendre depuis longtemps.

— Tu viens, bordel, ou quoi ? lui cria Le Général depuis l'extrémité de l'énorme quai qui donnait sur la rue.

Sa voix se réverbéra pour devenir un murmure indistinct, comme les excuses pour les retards de train diffusées par les haut-parleurs des gares.

Tout le monde l'appelait Le Général. Personne ne savait son nom. Il portait des lunettes à monture ronde, avec un verre dépoli à l'œil gauche, et il gagnait du fric en pariant avec des gens qu'il pouvait enlever son œil. Ray l'avait vu en arnaquer dans des bars, ôter ses lunettes d'un geste spectaculaire, ouvrir grand les yeux, se fourrer un doigt sale dans un coin de l'œil et faire jaillir ce machin en verre avec une pupille d'un bleu éclatant peinte dessus. Sur un « J'vous l'avais bien dit », il le plaquait avec force sur le rond en formica de la table, où la chose nageait dans une mare de bière, ornement de porte-clés de magasin de farces et attrapes fixant un regard humide sur le parieur qui devait chercher une pièce égarée d'un dollar.

C'était un vieillard mauvais, d'une minceur de papier, la peau aussi sèche que celle d'un serpent, et aussi bonimenteur qu'un représentant de commerce. Il disait foutu-ci et foutu-ça et bordel, et n'avait jamais une parole aimable pour quiconque. Il portait son écharpe en tricot enroulée haut toute l'année pour cacher des taches de naissance marbrées sur sa joue droite. Ces marques, avec son nez rouge couturé de cicatrices, son faux œil, son verre de lunettes dépoli et son tic nerveux de passer la langue d'un coin à l'autre de sa bouche édentée donnaient du poids à la rumeur voulant qu'il ait été bravement gazé ou fièrement traumatisé au combat sur une lointaine plage européenne, dans une guerre étrangère non moins lointaine.

— C'était la guerre de Corée, alors, Général ? disait Ray.

— Qu'est-ce que tu sais d'une foutue guerre ? disait Le Général.

— C'était dans l'Armée de terre que vous étiez ? avait demandé Danny D., une nuit.

— L'Armée de terre, la Marine, l'Aviation, les Marines américains. Ç'a pas de foutue importance, bordel. C'était un foutu effort collectif. Un foutu travail d'équipe, mon gars, pas comme c'qu'on voit aujourd'hui.

L'automne précédent, Ray le Radical et Le Général étaient arrivés à quelques minutes d'écart au campement de Danny D., entre la voie de chemin de fer et le marchand d'alcool de la rue Sandhill. Malade de froid, Danny était allé dans le sud pour vivre aux dépens d'une de ses sœurs, en Virginie. Le Général était entré par le trou du grillage, près du mur du magasin puant la pisse. Ray avait escaladé le talus de la rue Scully et suivi les rails. C'était un bon campement, avec deux issues pour entrer et sortir si l'on devait filer vite fait, et l'on pouvait y accéder tout l'hiver une fois que la voie avait été déblayée. C'était dans un repli de terrain, et les vents du nord passaient juste par-dessus.

Ils avaient décidé de l'occuper ensemble. Le Général se débrouillait bien en ville depuis longtemps et Ray venait d'arriver des Maritimes. Même quand il était défoncé, Ray possédait la force et la souplesse

de la jeunesse, tandis que Le Général avait les articulations douloureuses même quand il faisait beau.
L'incertitude circonspecte et indécise de Ray était
compensée par l'insistance laconique et toute militaire du Général à prendre tout le temps toutes les
décisions. Grâce à deux boîtes d'épais carton
ondulé, récupérées à l'arrière de Future Shop, et
avec l'aide du couteau favori du Général, ils s'étaient
chacun arrangé un abri où leur chaleur corporelle
pouvait les tenir au chaud presque toutes les nuits.
Quand Ray n'arrivait pas à dormir, il se récitait sans
arrêt le poème de Davy. C'était un mauvais hiver.
Des gens mouraient. Plus d'une nuit, ils avaient
partagé la même boîte, et leur chaleur, pour combattre le froid qui voulait les tuer. La salive du
Général, quand il dormait, gelait dur sur la mitaine
en laine de Ray.

Un mois après avoir rencontré Ramona Sans-
Abri à la banque alimentaire, Ray et Le Général la
trouvèrent près du gros Dairy Queen de l'autre
côté de la vallée. C'était une belle journée de printemps, douce, avec des ombres nettes et de gros
nuages blancs éparpillés sur un ciel d'affiche publicitaire, la promesse tiède d'un bon été. Ramona
portait une robe légère, bleu clair, et un petit chapeau presque de la même teinte, avec une voilette
lâche, comme une toile d'araignée sur sa figure.
Ray se dit qu'elle avait l'air drôlement chouette.
Le Général ne voulait même pas la regarder.

— Et avec quel régiment disiez-vous avoir servi,
Général ? demanda Ramona, le dos bien droit, ses
longs doigts croisés sur un sac de cuir verni noir,
avec une aisance et une pose royales.

Belles mains, pensa Ray.

— C'est pas le foutu régiment qui compte, c'est le foutu bonhomme, dit Le Général, les yeux à terre.

— Si vous devez utiliser un tel langage, je préférerais que vous ne m'adressiez pas la parole, dit Ramona, et Le Général se ferma la trappe pour la première fois, pour autant que Ray puisse s'en souvenir.

— Foutue princesse, dit-il après son départ. Lève son foutu nez si foutument haut qu'elle pourrait pas sentir de la merde, même si ça lui sautait dessus.

— Elle a de l'allure, ça, c'est sûr, dit Ray en la regardant s'éloigner.

Elle était plus âgée que lui, mais seulement de cinq à dix ans, à l'estimé. Moins, peut-être. Ses bras et ses jambes semblaient bien fermes. Ses mains étaient parfaites, de longs doigts minces avec des ongles propres et translucides, juste la bonne longueur, bien limés, bien soignés. Ce n'était pas facile d'être son ami. Si elle pensait qu'il était même seulement un peu défoncé, elle s'en allait. Si elle sentait des relents d'alcool, elle l'ignorait. Il ne pouvait pas lui raconter des histoires. La plupart du temps, elle apparaissait près du coin de Taylor et Scully, sirotant un petit espresso sucré au soleil devant le Koffee Korner, là où se trafiquait la drogue, puis elle roulait son panier ailleurs. Il la rattrapait pour marcher dans la même direction qu'elle, près d'elle, si la rue n'était pas trop bondée. Quelquefois, elle lui parlait.

— Me suivez-vous ?

— Non, m'dame. J'marche juste un peu avec vous.

— Eh bien, ne le faites pas, disait Ramona, et Ray la regardait tourner dans Portree ou Moffat en

tirant son panier derrière elle, avec le cliquetis rythmé
des grilles cassées quand les dures roulettes de
caoutchouc passaient sur les fissures du trottoir.

Il n'avait rien à lui dire. Il restait éveillé à s'in-
venter des conversations, dérangeant Le Général
qui criait depuis sa boîte, le traitant d'imbécile.
Plus Ray parlait d'elle, plus Le Général se fâchait,
pour des raisons que Ray ne pouvait se figurer. Il
se rappelait comme elle lui avait fait la leçon à
propos des drogues, cette fois-là, près des toilettes
de la banque alimentaire. Peut-être que c'était la
façon d'attirer son attention. Ça ne serait pas une
balade dans le parc, pour sûr.

Ray disparut pendant six semaines. Personne ne
savait où il était passé. Ni Ramona ni Le Général,
même s'il disait qu'il le savait quand on le lui
demandait. Ray revint après la fête du Travail, en
septembre, l'air plus jeune, les bras un peu bronzés,
des taches de rousseur sur la figure, et l'air moins
sournois quand il vous regardait dans les yeux.

Il attendit en face du Koffee Korner, aussi excité
que Davy quand il allait pêcher la morue avec son
grand frère. Lorsqu'il vit Ramona qui poussait son
panier dans Taylor, il courut derrière elle et la rattrapa un pâté d'immeubles plus loin vers le sud.
Elle l'ignora. Il ne dit rien. Quand elle lui lança un
regard en biais, il avait tellement peur de l'entendre
lui dire de s'en aller qu'il bafouilla tout d'un coup :

— Je me défonce plus… je prends plus de drogues.
Pas de crack, pas de cigarettes, pas de boisson… rien
de rien. Je suis propre. Sans blague.

Hors d'haleine.

Il se sentit bien rien que de l'avoir dit. Et il se
sentit mieux que jamais lorsque Ramona s'arrêta

en plein milieu du trottoir, le regarda bien en face, avec ces yeux qu'elle avait, et dit :

— C'est bien, Ray. C'est très bien.

Quand elle tendit une main pour effleurer son bras nu de sa main douce, il pensa qu'il allait s'évanouir. La dernière fois qu'une femme l'avait touché, il se rappelait, c'était Gran, derrière lui à l'enterrement, les mains sur ses épaules, les pouces durement enfoncés dans son épine dorsale pour être bien sûre qu'il écoutait pendant que le prêtre regrettait la brièveté de la vie de Davy.

— Vous avez meilleure mine, Ray. Davantage de couleurs. Des couleurs saines. En fait, vous avez bonne mine.

Ses yeux étaient brun foncé, pas noirs. Des chocolats, pas des olives. Avec de jolies petites rides au coin de ces yeux. À contre-jour, on voyait un fin duvet blond sur ses joues. Ils marchèrent en silence le long d'un ou deux pâtés d'immeubles, jusqu'à ce que Ray la laisse partir seule quand ils atteignirent Moffat. Elle ne lui avait pas demandé de partir, mais il ne voulait pas gâcher le moment. Elle connaissait son nom. Elle avait dit son nom. Elle lui avait touché le bras. Avec ces mains qu'elle avait.

Pendant tout le mois de septembre, ils marchèrent ainsi ensemble, parfois presque jusqu'à la frontière du Gros Lot, là où les parcs avaient des sentiers recouverts de gravillons et des bancs pour s'asseoir. Rester propre était sans doute ce que Ray avait jamais fait de plus difficile, plus dur que l'école, plus dur que de découper la morue à la coop, presque aussi dur que le souvenir de tenir Davy et de sentir sa petite main humide glisser de la sienne. Chaque fois qu'il passait près d'une voiture fraîchement stationnée, l'odeur du métal et de l'huile chauds lui faisait penser à du crack en train de se consumer sur une assiette en alu, et il se mettait à saliver de désir.

Il parla à Ramona de sa dépendance, de Davy, comment personne ne le blâmait sauf peut-être Gran, mais elle ne l'avait jamais dit clairement. Les cueillettes de baies, les parties de baseball, la pêche à la truite et qu'ils faisaient du stop pour aller en ville. Comment il se sentait mieux perdu que retrouvé, inconnu que connu, comment il était parti de chez lui. Un jour, il trouva le courage de lui réciter le poème de Davy :

— Peluche Freluche était un ours. Peluche Freluche sans poils toujours.

Ramona posa une main sur la sienne et énonça le dernier vers en même temps que lui :

— Peluche Freluche n'était pas une peluche, n'est-ce pas ?

Ray se mit à rire. Elle connaissait le poème de Davy ; mais elle avait tourné la tête, vers le parc où de jeunes mères avec des voitures pour bébés de l'ère spatiale poussaient leurs enfants sur des balançoires et disaient à des animaux familiers anxieux qu'ils allaient bientôt aller se promener.

— Ça va ? dit-il.

Ramona hocha la tête.

— Ça va, Ray. Ça va très bien.

Mais elle ne se retournait pas, elle continuait à observer le parc.

— C'est un vrai poème, le poème de Davy. C'est ce que j'aime chez vous.

Elle se retourna pour le regarder en face. Il eut l'impression qu'ils étaient tous deux au bord des larmes, mais sans savoir pourquoi.

— C'est exactement ce que vous êtes, Ray.

— Eh bien, bien sûr que oui, dit-il. Qui d'autre je pourrais être, bordel ? Euh… désolé.

Cette nuit-là, assis sur des bûches autour d'un feu, en échangeant des cuillerées de spaghettis à la saucisse Campbell contre le maïs à la crème du Général, Ray lui fit part de ses sentiments.

— Elle est sacrément intelligente. Peut-être trop pour moi, mais je crois qu'elle m'aime bien pareil.

Le général fit aller sa langue, un signe d'inconfort, mais sans un mot.

— Je veux dire… des fois, je la regarde en biais et je peux pas croire que je sois aussi chanceux. Je peux même croire qu'elle m'aime bien un petit peu.

Le vieil homme marmonna avec force, avec sa langue qui prenait de la vitesse.

— Je pense tout le temps à elle, vous savez ? Chaque minute de chaque jour et de chaque nuit, c'est comme…

Le marmonnement du Général devint plus fort. Sa langue allait et venait de plus en plus vite, prémisse de l'explosion qui fit tomber Ray de sa bûche.

— Espèce de foutu connard de foutu Newfie ! dit Le Général. T'es aussi épais qu'un foutu poisson, ouais. Je vais te montrer de quoi, espèce de foutu enfoiré. Allez, viens ! Amène-toi !

Ray suivit le vieux dans le ravin, puis remonta avec lui le long d'une colline abrupte en empruntant un petit sentier de lapin couvert de papiers à cigarette et d'enveloppes de gomme à mâcher, là où les gosses de riches venaient fumer leur hasch après l'école. Les feuilles tombaient, presque toutes jaunes et déjà humides de rosée. Ray n'arrêtait pas de glisser et Le Général de l'engueuler en lui disant de se dépêcher. Il semblait se rendre dans un endroit précis, en sacrant et en tailladant les buissons, de plus en plus enragé à mesure qu'il montait. Au bout du chemin, il y avait un mur en pierre, presque dissimulé par des halliers et des fougères aux pointes gelées. Dans le mur se trouvait une porte de fer ornementale. Quand Le Général la tira, elle s'ouvrit en grinçant.

— Pauvre con. Tu vas voir.

Il la franchit sans bruit, avec un geste de la main à l'adresse de Ray pour qu'il le suive.

C'était splendide, après le mur, un silence immédiat, un jardin d'Ali Baba envahi par la végétation, des plantes grimpantes, des arbres, des sentiers menant à des bancs de pierre sculptée dans des recoins secrets. Des urnes couvertes de lichen se tenaient sur de hauts piédestaux, bourrées d'herbes en folie qui se déversaient comme la chevelure de vieilles sorcières médiévales. Des chevaliers avaient dû arpenter ce jardin, pensa Ray, jurant leur foi et s'agenouillant sur les dalles de pierre devant des dames coiffées de chapeaux pointus bordés de machin transparent comme les rideaux de Gran. Davy aurait adoré ça.

Le Général émit un sifflement, agitant ses doigts osseux d'une manière péremptoire, d'un air entendu, un regard malveillant dans son bon œil, pour intimer à Ray de le suivre. Des dalles encadraient un bassin rectangulaire rempli de roseaux d'un jaune fané ; des algues très vertes flottaient sur des eaux troubles et mystérieuses.

Le Général s'arrêta, penchant la tête de côté comme un chien de dépotoir qui cherche la bagarre. Il saisit Ray par une manche et le tira le long du bassin vers l'arrière d'une grande bâtisse de pierre. Une bâtisse du Gros Lot. Jésus, Joseph et Marie, ils n'auraient pas dû être là. Un antique mobilier en fer forgé rouillait sur une terrasse. Une vigne vierge drue, dont les feuilles commençaient à virer au rouge à leur pointe, couvrait l'arrière du bâtiment et aurait dissimulé la petite porte en bois si celle-ci n'avait été surmontée d'une ampoule électrique.

— On devrait pas être là, murmura Ray.

— Ta gueule, bordel, t'as qu'à regarder, dit Le Général en tirant Ray derrière les arbres et en écartant avec impatience branchages et feuilles du chemin.

Il arracha une petite branche à un genévrier comme si c'était le bras d'un homme, exposant la moelle blanche à la coupure.

— On devrait pas...

Le Général bâillonna la bouche de Ray de sa paume et porta un doigt sale à ses lèvres. Ray entendit la porte métallique grincer, puis le bruit de roulettes dures, avec le cliquetis des grilles, avant de voir Ramona Sans-Abri pousser son panier le long du bassin puis du mobilier rouillé, jusqu'à la porte d'en arrière. À la lueur de l'ampoule nue, elle prit une clé pour entrer. Elle était chez elle. Dans sa maison. Dans le Gros Lot. Ramona Sans-Abri n'était pas sans abri, n'est-ce pas ?

Le Général regardait Ray, avec une expression triomphante dans son bon œil, une expression maligne, ses lèvres minces collées aux commissures par une substance blanchâtre, élastique et collante, avec sa langue qui allait et venait follement d'une joue à l'autre, les bras croisés sur sa poitrine creuse comme s'il avait démontré qu'il avait raison. Mais raison sur quoi ? se demanda Ray. Qu'est-ce qu'il pensait avoir démontré, là ?

— Foutue poseuse, dit Le Général, comme s'il avait entendu la question. Foutue riche salope de poseuse. Se fout de notre gueule. Se fout de toi.

Ray ne savait pas quoi penser. Il ne dormit pas de la nuit. Il retrouva Ramona assise sur le banc devant le Koffee Korner, au matin, et se paya le luxe insensé d'un petit double, le coût minimum pour s'asseoir là. La gamine qui s'ennuyait derrière le comptoir leva le nez, qu'elle avait percé, sur ses pièces de monnaie et les examina comme si on les avait annoncées volées. Ray s'assit près de Ramona mais, sans lui laisser le temps de formuler une question, elle l'invita chez elle.

L'intérieur de la maison était aussi négligé que le jardin. Une fois franchie la porte d'en arrière, ils gravirent un demi-escalier pour entrer dans une cuisine obscure qui sentait le moisi ; après avoir marché entre des boîtes de carton bourrées de bouteilles, de journaux et de cintres, ils passèrent dans ce qui était probablement la salle à manger, avec ses hauts murs et des angelots d'ornement tenant des étendards en plâtre au ras du plafond. Un panier métallique, plein de sacs en plastique, avec une seule roulette, tanguait dans un coin. Dans un autre coin, un lit de camp était couvert d'un sac de couchage rouge et brillant. Dessus était posé un ours en peluche fatigué, lissé par l'âge, luisant à force d'avoir été manipulé.

Ramona se taisait, l'air sévère, tandis qu'elle s'affairait à déplacer des journaux d'une chaise de chrome toute piquetée, et faisait signe à Ray de s'asseoir. Elle se rendit dans la cuisine, où il entendit de l'eau couler, puis revint avec une bouilloire électrique qu'elle connecta à une rallonge blanche déjà surchargée. Ils restèrent silencieux à écouter le grognement de l'élément chauffant de la bouilloire et l'eau qui se mettait à bouillir.

— À quoi pensez-vous, Ray ?

— À rien. Je veux dire… je savais tout ça…

Il agita un bras, comme pour montrer la maison au complet.

— Mais je ne sais pas ce que j'en pense…

Sa voix s'éteignit, étouffée par la confusion.

— Ou s'il y a quelque chose à en penser…

Ramona hocha la tête, ce mouvement d'oiseau, et versa l'eau chaude dans deux tasses fêlées, dont l'une contenait un sachet de thé. Elle tapa sur le sachet avec une cuillère – irritée, pensa Ray – en tirant de force la saveur avant de le transférer dans la deuxième tasse et de recommencer à le battre.

— Je suppose que je comprends pas, dit Ray. Le Général dit que vous êtes une poseuse…

— Il dit ça, hein ?

— C'est ça qu'il dit. Il dit que vous êtes riche, que vous pouvez acheter n'importe quoi, que vous avez pas besoin de faire… de faire comme nous…

Il était de nouveau à court de mots. Il avait envie d'une cigarette, d'un verre, d'un joint, d'une sniff. Son cou et ses avant-bras lui faisaient mal, comme s'il avait eu une crise cardiaque. Ramona demeura un moment immobile, sans un mot, puis elle se rendit à une étagère au pied du petit lit. Elle prit un livre au dos rouge et terni et en tira une coupure de journal qu'elle plaça devant Ray. Elle resta derrière lui, les mains posées sur ses épaules, les pouces sur l'épine dorsale, comme Gran à l'enterrement, sauf que là, ça faisait du bien.

— Lisez cela, Ray, dit-elle.

Il se sentit devenir écarlate.

— Peux pas lire… Des enseignes, des fois. Pas des journaux ou des livres…

— Alors regardez l'image, Ray.

Le papier était jauni, comme du tissu trop passé à l'eau de Javel. La photo, à forts contrastes, montrait de gros hommes sérieux en chapeau de feutre à rebord, de grands costumes trois pièces et de larges cravates, surpris par un barrage de flashs, les bras levés pour se protéger les yeux. Sauf un. Impuissant devant l'assaut des journalistes, les bras coincés le long du corps, un gamin rentrait son menton pointu dans sa maigre poitrine dans un vain effort pour dissimuler son visage, un jeune homme en uniforme de soldat, prisonnier de ces hommes qui ne souriaient pas. Il avait un gros pansement sur un œil, aussi étincelant que les phares de route sur une voiture neuve. Les marques, sur sa joue droite, dirent à Ray de qui il s'agissait.

— C'est Le Général, murmura-t-il, la gorge soudain sèche, en cherchant sa tasse à tâtons pour boire une gorgée de thé froid.

Ramona cessa de lui masser les épaules. Elle se pencha et Ray prit conscience de son souffle sur sa nuque, du parfum de ses cheveux, du coussin de ses seins contre son dos.

« La police a capturé James Edward Kelsey la nuit dernière, lut-elle, un déserteur recherché pour vol de biens appartenant à l'armée et pour le meurtre brutal de son commandant.»

Ray avait le souffle coupé. Comme s'il avait reçu une gifle. Il se sentait trahi. Par Le Général. Par Ramona. Par Gran. Par la vie. Il voulait dormir. Il voulait de la drogue. Il voulait que son petit frère revienne. Il voulait rentrer chez lui.

« Kelsey a été blessé par balle pendant son arrestation. On s'attend à ce qu'il perde son œil gauche ainsi que sa liberté quand le procès militaire pour ses crimes contre l'armée et le procès civil pour le meurtre du major Paul... »

Ray saisit la coupure de journal sur la table, la mit en pièces en repoussant Ramona.

— Je déteste les secrets, s'écria-t-il, je déteste tous les secrets !

Il s'affaissa sur la chaise, vidé. Ramona prit son menton humide pour tourner son visage vers elle et secoua la tête. Émue par sa parfaite simplicité, elle lissa en arrière les cheveux qui collaient sur son front.

Ray passa la journée à dormir sur le lit de Ramona, épuisé par la vérité, vidé par tout ce drame. Quand il s'éveilla, le vieux nounours collé sur la poitrine, elle était partie. Il l'appela et jeta un coup d'œil dans la pièce à l'avant de la maison, où le mobilier était recouvert de draps autrefois blancs. Il ne se sentait pas à sa place. Un intrus. Les choses avaient changé. Il était seul de nouveau. Il prit le nounours, sans réfléchir, un souvenir de ce qui aurait pu être.

Il restait moins d'une heure de jour quand il arriva au campement. Le Général avait allumé un petit feu dans le creux et émettait des bruits inintelligibles, assis sur une bûche, tout en taillant furieusement un mince bâton avec son couteau tranchant, éparpillant des éclats de bois dans tous les sens. La lumière du feu donnait à son mince visage sale un aspect satanique. Son expression devint plus rouge et plus noire quand il vit le nounours en peluche.

— Bon Dieu, mon gars, t'es-ty pas mignon ? Ta chérie t'a donné un foutu nounours en peluche ? Maudit connard de Newfie !

Ray resta là à regarder fixement le feu, la bouteille vide de whisky par terre, tout en tenant le nounours par un bras, comme Christopher Robin prêt à aller se coucher avec Pooh. Le Général se leva en vacillant, contourna le feu en tapant des pieds comme si ses jambes avaient été engourdies, tailladant son morceau de bois avec des mouvements encore plus rapides, arrosant de copeaux le chandail de Ray. Il s'approcha de lui, presque nez à nez. L'alcool et les haricots lui donnaient une haleine de chiottes.

— Quand c'est que tu vas piger, petit ? (Il postillonnait à la figure de Ray.) Elle est aussi fausse qu'un billet de trois dollars, stupide enfoiré.

— Vous aussi, s'entendit dire Ray.

D'une petite voix.

— Quoi ?

Le Général se rapprocha encore davantage, ses lèvres touchaient presque celles de Ray.

— Quesse tu veux dire, petite chiure ? Quesse tu veux dire, trou de cul ?

— Je dis que vous êtes James Edward Kelsey, dit Ray. James Edward Kelsey, cria-t-il plus fort, tandis que Le Général tendait les bras comme s'il avait été attaqué par des frelons invisibles. James-Edward-Kelsey, James-Edward-Kelsey, hurla Ray dans le dos du vieux, tandis que celui-ci traversait avec fracas le grillage. Le simple soldat James Edward Kelsey, espèce de… de… espèce de foutu poseur ! lança-t-il dans le noir, alors que les pas du vieux résonnaient à travers le stationnement du marchand d'alcool.

Il faisait froid le matin suivant devant Koffee Korner. Ramona n'était pas là. Elle prenait sans doute son petit-déjeuner dans le Gros Lot. Le Général avait disparu aussi, mais Ray ne le chercha pas vraiment. Il gagna quatre dollars en tendant un gobelet à café vide devant le MacDo de la rue Portree, et se régala d'un sandwich œuf et bacon avant qu'on arrête de servir les petits-déjeuners, à dix heures trente. La pluie commença à tomber vers midi, puis le vent se leva, et il paria qu'il neigerait avant la nuit. Il contempla longtemps le ciel. L'hiver s'en venait. Quand il baissa la tête, il avait pris une décision. Il retourna au campement.

Le Général n'y était pas. Ray ramassa le nounours en lambeaux là où il était tombé, près du feu, ôta les copeaux de bois de sa face toute tordue, rentra le rembourrage, et enfonça la peluche dans une de ses poches. Ce n'était pas le moment de se sauver.

Il lui fallut au moins deux tentatives avant de trouver la porte. Il l'ouvrit avec lenteur, presque sans faire de bruit. Il se glissa le long des urnes aux cheveux de sorcières et des génevriers aux baies bleues qui sentaient le gin, tout en pinçant l'estomac du nounours pour garder le rembourrage à l'intérieur. La neige mouillée qui tombait étouffait les sons comme une écharpe. Il marcha vers la maison en répétant ses répliques et en se demandant si Ramona pouvait le voir depuis une fenêtre. Si elle regardait.

Elle ne regardait pas. Elle flottait sur le dos dans le bassin, avec ses yeux bruns et morts qui fixaient le ciel couleur d'ardoise. Ses belles mains ensanglantées aux ongles arrachés flottaient sur l'eau noire.

Une mince pellicule de glace s'était formée sur ses doigts tailladés. Les larmes de Ray brûlaient sur ses joues froides tandis qu'il regardait les gros flocons se poser sur le visage de Ramona, et y rester.

À travers le brouillard de ses larmes, comme à travers les lunettes de quelqu'un, il vit quelque chose de blanc entre les dalles de pierre. Il ramassa l'œil de verre couvert de sang et le soupesa, et ses choix en même temps. Tandis que la neige dissimulait le visage de Ramona, il tira le vieux nounours de sa poche et le jeta dans le bassin avec elle. Puis, après une pause, il se pencha comme pour une prière et y lança aussi l'œil de verre.

Parution originale : « Fuzzy Wuzzy »,
Ellery Queen Mystery Magazine, 2006.

COMME UNE ŒUVRE DE TURNER

LESLIE WATTS

« J'appelle pour rapporter un vol », a dit la femme en robe violette. Son rouge à lèvres était effacé là où elle s'était mordu la lèvre inférieure. Elle était tout à fait mécontente, mais pas autant que moi. « Un tableau, a-t-elle repris, dans une exposition. »

J'ai hoché la tête d'un air encourageant. Elle m'a adressé un regard furibond, puis a fait pivoter sa chaise, et ses coudes pointus ont raté mon nez de justesse.

« Un tableau de valeur ? » Elle a émis un reniflement : « Vraiment pas. Peut-être quinze dollars au plus. »

J'avais envie de la frapper, aussi ai-je gardé les mains dans mes poches.

« Parce que, a-t-elle dit en détachant bien les mots, l'*artiste* insiste pour parler à un policier... Je ne sais pas, ça a été volé hier soir, je suppose. Si vous envoyez quelqu'un, je suis sûre qu'elle sera ravie de lui donner plus de détails qu'il n'en aura besoin. » Elle m'a jeté un coup d'œil par-dessus son épaule, a donné l'adresse, et, après un « merci » pas très convaincant, elle a raccroché.

«Là, c'est fait, a-t-elle dit. Maintenant, pourquoi ne t'assieds-tu pas le plus loin possible de mon bureau pour attendre la police?»

J'ai dit: «Merci.»

◆

Un policier est arrivé quinze minutes plus tard. Il n'a guère paru impressionné, et je ne pouvais pas le lui reprocher. Il n'y avait pas de quoi s'extasier devant ce qui restait de l'exposition. Après avoir regardé le cube de plexiglas où se trouvaient des pièces d'un dollar et deux billets de cinq, il a choisi de ne pas faire de don.

«Agent Stevens, a-t-il dit. Quelqu'un a rapporté un vol.»

Je me suis levée de la copie de Mies Van der Rohe qui servait de banc pour me diriger vers lui.

«Bonjour, je suis Marion Taylor. Merci d'être venu.»

Il m'a dévisagée, puis il a lancé un coup d'œil à la femme en violet.

«C'est l'artiste dont le tableau manque», a-t-elle déclaré.

Une expression curieuse est passée sur le visage de l'agent. Je l'avais déjà vue avant, et je savais ce qui s'en venait.

«Quel âge as-tu? a-t-il demandé.

— Presque onze ans.» J'ai levé le menton. «Pourquoi?»

Il a examiné les murs. «Tu es plutôt jeune pour une artiste. C'est de toi, tout ça?»

Je me suis mise à rire. «C'est une exposition avec sélection. Une exposition de groupe. Mon tableau n'est plus là. Il a été volé.

— Seulement le tien ?

— C'était le seul qui valait la peine de l'être. »

La femme en robe violette a laissé échapper un petit ricanement.

L'agent Stevens s'est tourné vers elle : « Et vous êtes… ?

— Glenda Darnley. C'est moi qui vous ai appelé. »

Je lui ai adressé mon regard le plus noir. « Il n'a peut-être pas gagné le premier prix, mais c'est seulement parce que le jury était malhonnête. »

L'agent Stevens a haussé les sourcils.

« Vous voyez celui-ci, ai-je repris, "Carouges à miel dans la brume" ? Le mari de la secrétaire de l'artiste était un des juges. Premier prix, cent cinquante dollars pour ça !

— Vraiment, a dit l'agent Stevens.

— Deuxième prix, "Portrait de Stevens Rollins" ? La belle-sœur de Steven Rollins était un des juges. Soixante-cinq dollars. »

Il a fait : « Hmmm.

— Troisième prix, "Larmes de clown en velours bleu"…

— Je vois le tableau… si l'on peut dire, m'a interrompue l'agent Stevens. Tu n'as pas gagné le prix, le jury était malhonnête et maintenant on a volé ta peinture.

— Exactement. Vous n'allez pas prendre des notes ? »

Il n'a pas répondu. Il regardait une famille de six personnes qui entrait dans la galerie en feignant de ne pas voir la boîte de dons. Il a demandé à Glenda Darnley : « Y a-t-il un endroit privé où nous pourrions parler ?

— Je suis très occupée, a-t-elle répliqué.

— Pas vous et moi. Je désire parler avec mademoiselle Taylor.»

Elle a battu plusieurs fois des paupières puis, je suis heureuse de le dire, elle a rougi. «Je suppose que vous pourriez utiliser le coin repas.

— Excellent», a dit l'agent Stevens.

◆

Une fois la porte refermée, il a sorti son calepin.

«Je suis dégoûtée, ai-je dit. Je croyais que les galeries étaient censées posséder des systèmes de sécurité. Cette femme, là, elle ne sympathise pas du tout. Elle ne voulait même pas vous appeler. J'ai dû la menacer de poursuites. Non, ne m'aidez pas, s'il vous plaît. Je préfère le faire moi-même.»

Il m'a regardée tirer une chaise de la table et grimper dessus. Je me suis assise en tailleur, appuyée au dossier; une manière plus digne d'être assise, à mon avis, que de laisser mes pieds pendouiller devant moi.

Il a tiré une chaise aussi et s'est assis en face de moi. «As-tu vraiment onze ans?

— Je les aurai le 12 août. Êtes-vous un expert en vol d'objets d'art?

— Non.» Il a pris une note. «J'étais l'agent le plus proche. À ta façon de parler, tu pourrais être plus vieille.»

Une vague brûlante m'a balayé la poitrine. «La plupart des gens pensent que je suis plus jeune. À cause de mes...»

Il a haussé les épaules: «Premières impressions. Ton adresse?

— 47, Brindlewood Crescent, Sarnia, Ontario.»
Je lui ai dicté mon code postal, mon numéro de
téléphone et le nom de mes parents.

«Parle-moi de ton tableau.

— Acrylique sur toile, quarante centimètres par
cinquante.

— Titre?

— "Le jardin de madame Shelby". C'est un
paysage.

— Qui est madame Shelby?

— Ma voisine d'à côté. Au 45, Brindlewood
Crescent. C'est la meilleure jardinière de notre rue.
La plupart des gens mettent des fleurs n'importe
où, mais elle, elle planifie et c'est splendide, comme
dans les livres.

— Valeur du tableau?

— Sans prix.»

Il a souri. «Et si tu me donnais simplement un
estimé, en gros?»

J'ai réfléchi, puis j'ai secoué la tête.

«Et si tu le vendais sur eBay, quelle serait l'en-
chère la plus basse que tu accepterais?

— Quatre-vingts?

— Je vais mettre cent, pour être plus sûr. Maintenant, dis-moi comment il s'est retrouvé dans
l'exposition.

— Monsieur Reinhardt m'a dit que je devrais
me présenter. C'est un de ces professeurs qui vous
donnent envie de bien travailler. Il vous inspire.

— Des professeurs comme ça, c'est important, a
acquiescé l'agent Stevens.

— Il a découpé l'annonce dans *The Observer*, et
il l'a collée sur mon pupitre. J'ai décidé que je
voulais concourir, même si j'étais sceptique.

— Pourquoi donc ?

— Parce que ce n'était pas une bonne galerie. Vous savez, comme la galerie Lambdon.

— Je vois.

— C'est une galerie de second rang.

— Mais tu as quand même décidé de concourir.

— J'ai déposé mon tableau mardi, avec le formulaire d'inscription et dix dollars. J'ai téléphoné le lendemain, et on m'a dit que mon tableau avait été accepté. J'avais été acceptée.

— C'est chouette.

— Je le regrette bien. Si je n'avais pas été acceptée, j'aurais encore mon tableau. Maintenant, après tout ce travail, je n'ai rien.

— Tu en as une photo ?

— Pas vraiment. Mon père a pris une photo de moi devant, à la réception, hier soir.

— Ça pourrait aider.

— Hé, vous ne connaissez rien à l'accrochage des tableaux ? On les pend à la hauteur moyenne des yeux. Ce n'est pas ma hauteur d'yeux à moi. La photo de mon père me montre en entier, et seulement le bas du "Jardin de madame Shelby".

— Qui l'a volé, d'après toi ?

— Quelqu'un qui a meilleur goût que les juges. »

Il a souri. « Ça pourrait être bien du monde. Après que ton père a pris la photo, qu'est-ce qui s'est passé ? Vous êtes retournés chez vous ?

— Non. J'ai mangé un peu de fromage avec des craquelins. J'ai bu un peu de punch. J'ai parlé à un type qui avait peint un truc horrible, un chien, mais il pensait qu'il aurait dû gagner. Je lui ai dit qu'il devrait se marier avec un des juges avant de gagner un prix, mais il a dit que, pour lui, son chien avait

bien meilleure allure et qu'il préférait rester célibataire. Il n'a même pas compris que je l'insultais.
Je lui ai dit que j'aurais dû gagner, et il m'a demandé de lui montrer mon tableau.

— Tu penses qu'il l'a volé?

— Nan. Il a dit que c'était dérivatif.

— Ça l'est?

— Je préfère le mot "influencé". Les fleurs et les
arbres, c'est tout de moi, mais, je dois l'admettre,
le ciel est influencé par Turner. Vous connaissez
ses tableaux?»

L'agent Stevens m'a surprise: « "Pluie, vapeur
et vitesse: le grand chemin de fer de l'ouest." J'en
ai une reproduction dans mon bureau.»

J'ai dit: «Ah.»

L'agent Stevens a dit: «Ah.»

Nous sommes restés un moment sans parler. Puis
il a demandé: «Et après le peintre canin?»

— Je me sentais encore plus dégoûtée, à ce
moment-là, alors j'ai demandé à mes parents de
me ramener à la maison.

— Quelle heure pouvait-il être?

— Peut-être huit heures du soir.

— Et la réception se terminait à…?

— Neuf heures.

— Et pourtant, bien qu'étant très dégoûtée, tu es
revenue à la galerie ce matin.

— Après le petit-déjeuner. J'ai pris mon vélo.
Je voulais avoir quelques invitations de plus pour
monsieur Reinhardt et madame Shelby. Je suis
vraiment fâchée parce que je voulais qu'ils le voient,
tous les deux, et maintenant, ils ne le verront sans
doute jamais.

— Madame Shelby ne l'avait pas déjà vu? Tu
ne l'as pas peint dans son jardin?

— Non. Je l'ai peint dans le mien. Elle ne savait pas que je le faisais.

— Elle ne pouvait pas te voir travailler ?

— Bien sûr que non. J'étais derrière la clôture. Elle est haute. C'est du bois. On ne peut pas voir au travers. »

Il a fermé les yeux. « Attends voir si je comprends bien : tu peignais son jardin, mais elle ne pouvait pas te voir parce que tu étais derrière la clôture.

— C'est ça. »

Il a rouvert les yeux pour me regarder : « Alors, comment pouvais-tu voir son jardin ?

— J'ai un tabouret. Quand je suis assise dessus, j'ai les yeux à la hauteur d'un petit trou dans l'une des planches. J'ai installé mon chevalet et mes peintures de manière à voir son jardin par le trou.

— C'est se donner bien du mal, on dirait, a remarqué l'agent Stevens. Pourquoi ne lui as-tu pas demandé si tu pouvais peindre dans son jardin ? »

J'ai reniflé. « Monsieur Shelby. On ne s'entend pas bien.

— Je vois.

— Il a un sale caractère. La plupart du temps, j'essaie de ne pas me faire remarquer. Je ne voulais même pas lui parler de l'exposition. J'ai juste demandé si je pouvais parler à madame Shelby, mais il a dit qu'elle était en voyage et que je ne pourrais pas lui parler avant son retour. Et alors ma mère a dit "Oh, monsieur Shelby, vous devrez emmener votre femme à l'exposition de la Galerie 21. Marion a peint votre jardin, et le tableau a été accepté par le jury." Là, il a commencé à me regarder d'un air vraiment mauvais, et j'ai compris qu'il n'en parlerait jamais à madame Shelby, et que la seule façon que j'avais de lui montrer, à elle, c'était de lui donner l'invitation en personne.»

L'agent Stevens a hoché la tête. «Et donc, tu es revenue pour chercher des invitations. Y avait-il quelqu'un à la galerie?

— Non. Ce n'était pas encore ouvert. J'attendais sur les marches quand madame Darnley est arrivée. Elle n'a pas cru que j'étais une des artistes. Elle n'allait même pas me laisser prendre une invitation. Alors j'ai dit "OK, je vais vous montrer mon tableau". J'ai trouvé ma place, avec l'étiquette et le clou dans le mur, mais le tableau avait disparu.

— Peux-tu le décrire?

— Le ciel est plein d'une lumière jaune tourbillonnante. J'ai utilisé du jaune de cadmium citron et de la terre de sienne pure. Il y a la clôture, quelques arbres à l'arrière-plan. J'ai mélangé de l'outremer avec du blanc de titane pour donner l'impression qu'ils sont très loin. Ensuite, il y a de l'herbe et beaucoup de fleurs au premier plan. Au début, ça devait être rien que de l'herbe verte, avec l'ombre violette des arbres dessus, des points lumineux dans les ombres, et quelques buissons sur les côtés. Mais le jour d'après, monsieur Shelby a installé une nouvelle plate-bande à l'arrière du jardin, et ça paraissait encore mieux, avec toutes ces couleurs, alors j'ai changé d'avis. De fait, j'étais surprise.

— Pourquoi?

— Parce qu'il ne travaille jamais dans le jardin. Je ne pensais pas qu'il aimait ça.

— Mais tu l'as vu faire?

— Je n'ai pas observé tout le processus.» J'ai soupiré. «Je dois me coucher à neuf heures. J'ai le droit de lire pendant une heure, mais je ne peux pas rester dehors quand il fait nuit. Je crois qu'il a dû bêcher très tard, parce que le jour suivant, quand j'ai installé mon chevalet, les fleurs étaient toutes plantées. Je veux dire, il a pu se lever tôt, je suppose, mais quand même, c'est vraiment beaucoup de travail pour une seule matinée.

— Quand est-ce arrivé ?

— Pas la semaine dernière. La semaine d'avant.

— Et tu n'as pas vu madame Shelby, entre-temps ?

— Non, je vous ai dit, elle est en voyage.»

Il a réfléchi un moment. « Marion, ça te dérangerait d'attendre ici quelques minutes pendant que je parle avec madame Darnley ? »

Il a refermé la porte derrière lui.

Je me suis laissé glisser de la chaise pour aller à la fenêtre. Il y avait un terrain de stationnement derrière la galerie, avec une seule voiture, probablement celle de madame Darnley. La nuit précédente, c'était plein. Mes parents et moi, on était sortis par en arrière. Il n'y avait pas de poignée à l'extérieur de la porte. On pouvait sortir par là, mais il fallait entrer par l'avant.

J'ai collé mon oreille contre la porte et j'ai entendu l'agent Stevens qui parlait, mais je ne pouvais pas distinguer ce qu'il disait. J'ai tourné la poignée sans faire de bruit et j'ai tiré un peu. La porte s'est entrebâillée, et j'ai jeté un coup d'œil.

Il me tournait le dos. Il m'empêchait de voir madame Darnley, mais comme elle était de face, je pouvais parfaitement l'entendre, elle.

«Je ne comprends tout simplement pas pourquoi tout ce tralala. Qu'est-ce qui vous fait croire qu'elle dit la vérité ? »

L'agent Stevens a dit quelque chose d'une voix calme.

Glenda Darnley a répliqué : « Son âge, pour commencer. Elle ne parle pas comme si elle avait dix ans. Elle n'a pas l'air d'avoir dix ans. »

La famille de six avait fait le tour de l'exposition et se dirigeait vers l'avant de la galerie. En passant devant le coin repas, ils ont bloqué le reste du discours de Glenda Darnley. Mais j'ai entendu un mot en particulier, et ça m'a complètement fait oublier que j'essayais d'être discrète. J'ai ouvert violemment la porte et je me suis précipitée sur elle en disant très fort : « Je ne suis pas une naine ! »

Elle m'a regardée fixement. La famille de six m'a regardée fixement. L'agent Stevens regardait un tableau représentant un vase de roses.

« Pour votre information, j'ai dix ans. Je suis petite parce que j'ai un désordre chromosomique. Ça s'appelle le syndrome de Turner. Quand j'aurai onze ans, on me fera de la thérapie hormonale pour m'aider à grandir, mais je serai toujours petite pour mon âge, même à soixante-quinze ans. Je ne raconte pas ça à tout le monde, mais je vous le dis parce que vous êtes une des personnes les plus ignorantes que j'aie jamais rencontrée, et je ne veux pas que vous ayez d'excuse pour ne pas savoir pourquoi certaines filles sont petites. Vous devriez être gentille avec les gens, mais vous êtes méchante. Vous devriez vous excuser. »

Elle est devenue d'une nuance rouge foncé qui formait un contraste intéressant avec sa robe violette. J'ai décidé de la peindre quand je rentrerais à la maison. On peut aussi peindre les choses affreuses.

À la porte, un des garçons a dit : « Pourquoi elle crie, la fille ? Elle est vilaine ?

— Chut, a dit le père. Attends. »

L'agent Stevens a cessé de contempler "Vase de roses". «Eh bien? a-t-il dit.

— Désolée, a marmonné Glenda Darnley. Vraiment. Je ne savais pas.»

J'ai dit: «Ça va. Maintenant vous le savez. Merci.»

La famille a quitté la galerie.

L'agent Stevens s'est tourné vers moi et j'ai remarqué ce qu'il tenait à la main.

«Vous avez trouvé ça où?

— Dans les toilettes des hommes.

— C'est mon cadre.

— C'est bien ce que j'ai pensé. Quarante par cinquante. Marion, voudrais-tu attendre dans le coin repas, avec la porte fermée, jusqu'à ce que j'en aie terminé ici?

— D'accord», j'ai dit, et j'ai attendu.

◆

Un peu plus tard, il est venu me dire: «J'ai téléphoné à ta mère.

— Est-ce qu'elle est fâchée pour le vol?

— Elle est inquiète. Et franchement, Marion, moi aussi. Elle vient te chercher.

— Je peux rentrer en vélo.

— Elle a pensé que tu aimerais aller faire des courses, juste pour te faire penser un peu à autre chose.

— Je ne veux pas penser à autre chose. Je veux mon tableau. Je suis très inquiète qu'il ait été abîmé. Vous comprenez ce qui s'est passé, hein? Le voleur s'est caché dans les toilettes jusqu'à ce que tout le monde soit parti. Ensuite, il a décroché mon tableau, il a arraché la toile et il a laissé le cadre dans les toilettes. Il est parti par la porte arrière et il a disparu dans la nuit.

— Je crois que tu as probablement raison.

— Alors, tout ce que vous avez à faire, c'est trouver des empreintes digitales sur le cadre, et voir si elles correspondent à quelqu'un qui se trouvait à la réception.

— Va magasiner avec ta mère, a-t-il dit. Je vais voir si je peux retrouver ton tableau.»

◆

Ma mère a entreposé mon vélo dans le coffre arrière de la voiture, mais je me sentais trop déprimée pour magasiner, alors nous sommes plutôt allées à la galerie Lambdon pour regarder des bons tableaux. Ensuite, elle m'a emmenée déjeuner et elle a essayé de me remonter le moral en discutant de possibles cadeaux d'anniversaire, mais tout ce que je voulais vraiment, c'était du matériel supplémentaire pour peindre, et ça ne faisait que me rappeler mon tableau volé, alors ça n'a pas marché.

Après le déjeuner, nous sommes retournées à la maison, et c'est là que j'ai eu le choc de ma vie. Il y avait cinq voitures de police stationnées dans notre rue. Et le plus choquant, c'était que monsieur Shelby était escorté hors de chez lui par deux gros policiers, et il portait bel et bien des menottes. Je savais que c'était le coupable, parce qu'il ne voulait pas nous regarder, ma mère et moi. L'agent Stevens est sorti derrière lui et les policiers, avec mon tableau.

«Oh, dites donc, vous prenez le vol d'objet d'art au sérieux, j'ai dit. Il a avoué ? Ou bien vous avez dû fouiller toute la maison ?

— Il a avoué. Avec un peu d'encouragement. »

J'ai examiné avec soin ma peinture, et j'ai été heureuse de constater qu'elle n'avait pas été abîmée.

« Tu pourrais retendre la toile et la replacer dans l'exposition, a remarqué l'agent Stevens.

— Je ne crois pas. »

Il comprenait. « Envisagerais-tu de la vendre ?

— À vous ?

— Je pourrais te la prêter si tu en avais besoin pour une autre exposition. »

Je lui ai vendu "Le jardin de madame Shelby" pour cent dollars.

◆

Cet après-midi-là, je suis retournée dans notre jardin et j'ai collé mon œil au trou. La plate-bande de monsieur Shelby était complètement ravagée. On avait jeté les fleurs en tas contre notre clôture. Il y avait une grande fosse là où elles s'étaient trouvées, et un tas de terre couleur de terre brûlée. Plein d'empreintes de pas boueux, aussi, comme s'il y avait eu dix hommes pour creuser en même temps.

J'ai installé mon chevalet à la place habituelle. On peut aussi peindre les choses affreuses.

Parution originale : « Turners »,
The Kingston Whig-Standard, juillet 2007

LA CHANSON DU FILM

PASHA MALLA

La porte du *Taj* s'ouvrit et deux hommes entrèrent. Ils passèrent près d'Aziz pour se rendre au comptoir à desserts, dans le fond. Le seul autre client était un vieux bonhomme assis à une table proche de la porte et qui contemplait Gerrard Street à travers la vitrine. Il était presque six heures du soir, et la nuit tombait. Les lampadaires s'étaient allumés et les voitures filaient dans la sloshe avec un bruit mouillé, phares allumés.

Une jeune fille faisait le service. Les vendredis soirs, c'était tranquille. Il n'y avait qu'elle en avant, et sa mère qui cuisinait à l'arrière. Elle se glissa vers le comptoir et s'y appuya des deux coudes.

« Du ras malai, dit un des hommes.

— Avec du safran, dit l'autre.

— On ne les fait pas avec du safran, répondit la fille. Désolée.

— Quoi, "on ne les fait pas avec du safran"? » reprit le premier homme ; il parlait maintenant d'une voix forte. « D'abord, il fait moins vingt-cinq dans votre foutu pays, bordel. *Benchod*, on se gèle les couilles ! Et maintenant, on demande du ras malai avec du safran, mais tu dis pas de safran. »

La fille écarta de son front une mèche vagabonde.
« Oui, pas de safran. On a seulement la version
normale. Vous devriez essayer les gulab jamun. Ils
sont bons. Vraiment frais. »

Le deuxième homme murmura à l'oreille du
premier. Aziz se fourra du rogan josh dans la bouche,
en usant de ses doigts, mais sans quitter les deux
hommes des yeux. Ils étaient vêtus de la même
façon : sous des vestes en cuir, des chemises à collet
rentrées dans des jeans et déboutonnées en haut pour
révéler de grosses touffes de poils sur la poitrine.
Leurs cheveux coupés très court étaient presque ras.
Celui qui parlait le plus fort avait une moustache.
Pas l'autre. Ils portaient tous deux des fils rouges
noués autour des poignets.

Le deuxième, le discret, dit : « Le gulab jamun,
c'est trop sucré.

— Essayez les jalebi », proposa la fille.

Le premier homme émit un bruit dédaigneux.
« *Benchod*, encore plus sucré ! T'as du ras malai,
t'ajoutes du safran, pas trop sucré. On veut du pas
trop sucré. »

Il se tourna vers Aziz. Ses yeux passèrent du
visage de celui-ci à l'affiche collée au-dessus de sa
table. L'acteur Shahrukh Khan s'y trouvait, avec
des lunettes de soleil, prenant des poses pour le
photographe.

« Pas vrai, Shahrukh ?

— Pardon ? dit Aziz.

— Allez, quoi, Shahrukh. » Le type commençait à
se prendre au jeu. « Tu veux des sucreries, Shahrukh ?
T'es un héros de cinéma, quel dessert tu vas commander ? Tu manges des jalevi ? »

Aziz jeta un coup d'œil à la fille de l'autre côté
du comptoir. Elle lui rendit son regard.

Les deux hommes s'avancèrent vers lui.

« Alors quoi, Shahrukh ? » reprit le moustachu. Ses chaussettes, remarqua Aziz, étaient dépareillées : une bleue, une noire. « Allez, *yaar*. »

L'autre dit quelque chose – Aziz supposa que c'était du marathi. Les deux hommes s'esclaffèrent. Ils étaient à sa table, à présent. La grande gueule poussa du doigt son assiette métallique. « Tu manges de la viande, Shahrukh ? T'es musulman, juste comme le vrai Shahrukh ? »

Aziz baissa les yeux sur son assiette, le plat d'agneau à moitié fini. Puis il observa les deux hommes tour à tour. Ils se penchèrent vers lui. Leur haleine sentait la bière. Quand le moustachu respirait, son nez émettait un bruit sifflant.

Puis une clochette sonna à l'arrière. « Poulet tikka, naan et panier de matta ! » lança la fille.

Le vieux bonhomme se leva à l'avant du restaurant. Aziz et les deux hommes le regardèrent passer près de leur table et prendre le sac en papier des mains de la fille. « Merci », dit-il.

Il quitta le restaurant. Dehors, la neige soufflait des bourrasques que dorait la lueur des lampadaires. Les deux hommes se tournèrent de nouveau vers Aziz. « Shahrukh, dit le moustachu qui parlait fort. On n'est pas des communalistes. Nos amis, c'est des musulmans, des parsi, des hindous, des jaïns, des chrétiens, n'importe qui. »

Ils s'assirent devant Aziz. « Moi, c'est Prem, lui, c'est Lal », conclut le moustachu.

« Connais-tu cet homme, ce Meerza ? » demanda Lal.

Il tira de sa poche une photo qu'il fit glisser sur la table. Aziz l'examina. C'était son voisin, souriant, devant une machine à écrire. Aziz le connaissait sous le nom de Durani, pas de Meerza ; c'était écrit sur sa boîte à lettres dans la salle à casiers de son édifice.

« On est journalistes, dit Lal. On est venus de l'Inde pour rencontrer ce type. »

Aziz contemplait la photo. Une fois, il s'était enfermé dehors, et Durani l'avait fait entrer dans son appartement en attendant l'arrivée du concierge. La place était vide, sauf un matelas posé par terre et quelques piles de livres. Pendant qu'ils attendaient, Durani avait préparé du chaï à la manière kashmiri, avec des amandes, de la cannelle et de la cardamome. Aziz n'en avait rien dit. L'immeuble, juste à l'ouest de Greenwood, était le genre d'endroit dont tous les locataires avaient laissé une histoire derrière eux, ailleurs. Nul ici n'avait besoin de venir les remuer.

Sur la photo, Durani était différent. Pas de poches sous les yeux, le visage moins cireux. La chemise propre et fraîchement repassée. Il avait l'air heureux. Pas comme maintenant. Mais c'était lui.

« Tu le connais, ce Meerza ? » demanda Prem.

Il posa une main humide et froide sur le bras d'Aziz. Les phalanges en étaient hérissées de poils. Il avait été un temps où Aziz aurait pris ce poignet entre ses doigts et l'aurait brisé comme un fétu. Il se contenta de résister au désir d'écarter brusquement le bras. Il examina de nouveau la photo, puis leva les yeux vers Prem : « Non. Je ne connais personne appelé Meerza. »

Prem et Lal restèrent là un moment sans bouger, avant que Lal reprenne la photo. « OK.

— Qu'est-ce qui joue au cinéma, Shahrukh ? dit Prem en lâchant Aziz.

« — Au Beach ou au Gerrard ?

— Celui-là, juste là. »

Prem désignait de la main le bas de la rue. Le geste reproduisait l'itinéraire d'Aziz pour rentrer chez lui, le long des maisons à tikka et des magasins d'objets religieux, le long de l'*Ulster Arms* et de sa coterie d'ivrognes qui fumaient dans le stationnement, avec les tramways qui ferraillaient dans les deux directions.

« Celui qui montre des films hindous, dit Lal.

— Le Gerrard ? » Durani y travaillait comme portier. Aziz le voyait souvent partir pour le travail dans son uniforme tout raide, avec le nœud papillon et tout. « Je crois que c'est fermé.

— Non, dit Prem. Absolument pas fermé, Shahrukh. C'est fermé, Lal ?

— Non, dit Lal.

— Non, reprit l'autre, on est bien certains que c'est ouvert. En fait, on est venus de l'Inde pour le visiter, juste pour ça.

— On a entendu dire que les films sont très bons, dit Lal. Des films hindous de première classe.

— Peut-être que t'y joues le premier rôle, Shahrukh ? » dit Prem avec un sourire sarcastique. Une unique dent grise apparut telle une pierre tombale au milieu d'une rangée blanche. Aziz la regarda fixement. Une chose morte.

Lal plaqua bruyamment les mains sur la table. Aziz sursauta.

« On va aller au cinéma, alors, dit Lal. Ce qui joue, ça fait rien. On ira pour les chansons. »

Les deux hommes se levèrent. « Finis ton repas, Shahrukh, dit Prem. Profite de ta bonne viande. »

Ils sortirent dans la nuit. À leur départ, la neige tourbillonna dans le restaurant avec une bouffée d'air froid, puis la porte se referma. Par la fenêtre, Aziz les vit tirer la fermeture éclair de leur veste et remonter leur col pour se protéger du froid et des rafales de neige, puis s'éloigner dans la rue.

Il revint à son repas. Il remua le rogan josh du bout des doigts. L'agneau était froid.

◆

Quand Aziz frappa à la porte de l'homme du 8B qu'il connaissait sous le nom de Durani, celui-ci répondit en manches de chemise. Il observa Aziz sans rien dire. Presque tout son corps était dissimulé par la porte. Aziz laissait tomber de la neige fondue partout sur le palier. Du gel s'accrochait à ses cils.

« Il y avait deux hommes qui vous cherchaient, dit-il. De Bombay. »

Durani le regardait toujours fixement, silencieux.

« Ils sont allés au ciné, là où vous travaillez. Je me suis dit que vous voudriez le savoir. »

Durani hocha la tête : « Merci », dit-il. Il amorça un mouvement pour fermer la porte, puis s'immobilisa. « Voulez-vous entrer un moment ? »

L'intérieur de l'appartement n'avait pas changé. Le lit se trouvait au milieu de la pièce, draps et couvertures bien tirés. Des livres étaient répandus partout en piles, des livres hindous, anglais, urdus, arabes, et même quelques-uns en français. Dehors, le vent hurlait en secouant les vitres dans leur encadrement.

Durani venait de faire du thé. Il en apporta une tasse à Aziz, encore à la manière kashmirie. La boisson était chaude et sucrée. Ils s'assirent tous deux en tailleur, en face l'un de l'autre sur le plancher, avec les tasses sur les cuisses. Durani considéra Aziz pendant un long moment. Puis il posa sa tasse et se mit à fouiller dans une pile de livres. Il en tira une liasse de pages dactylographiées et les tendit à Aziz.

« Jamais publié, expliqua-t-il. C'est le seul ex-emplaire qui reste. »

C'étaient les épreuves d'un article écrit pour une importante revue d'actualité canadienne. L'auteur en était un certain S. B. Meerza. La photo d'un homme accompagnait le texte, celui qui était assis en face d'Aziz. La même photo que celle en possession des deux hommes, dans le restaurant. Aziz jeta un coup d'œil circulaire sur la pièce, le lit sur le plancher, les livres. Puis il examina l'article qu'il tenait. Et enfin l'homme assis devant lui – Durani, Meerza, quel que soit son nom.

« Lisez », dit celui-ci.

◆

Dehors, dans la rue, la neige avait cessé. Le ciel était calme et violet. Aziz marcha vers l'ouest le long de Gerrard, avec la neige qui s'écrasait avec un bruit mouillé sous ses bottes. Dans sa poche se trouvait l'article de Meerza, plié en trois. Dans l'autre, il y avait le couteau. Alors qu'un tramway passait avec bruit, Aziz replia son doigt ganté autour de la poignée, bien serré, en prenant soin de ne pas déclencher le cran d'arrêt.

Il s'immobilisa devant le cinéma Gerrard. Le fronton scintillait, projetant un dôme arrondi de lumière jaune sur la rue. Aziz acheta un billet pour la séance précédente, qui avait commencé près d'une heure auparavant. La femme qui travaillait

là le lui dit, mais il secoua la main : pas d'importance. Il voulait voir ce film. Il y avait dedans une
actrice importante pour lui. Il entra.

Le cinéma était obscur, à part le pinceau lumineux
qui s'échappait du projecteur, et silencieux, à part
un air de violon mélancolique et le cliquetis du
film qui passait d'une bobine à l'autre. Sur l'écran,
la célèbre actrice hindoue priait en silence devant
une sorte d'autel. C'était la nuit. Dans le film, la
lumière de la lune était bleue. Aziz contempla un
moment l'écran, et la femme qui s'y trouvait. Puis
il s'assit à l'extrémité d'une rangée vide près de la
porte et jeta un regard autour de lui.

Moins de la moitié des sièges était occupée. Les
gens étaient éparpillés dans la salle, la plupart deux
par deux. Aziz passa d'une paire de têtes à une
autre : une femme et son fils ; deux vieux Sikhs ; un
jeune couple enlacé. Mais ils étaient là, Prem et Lal,
à seulement quatre rangées d'Aziz, près du mur, sur
la gauche. Un siège les séparait, mais c'étaient bien
eux – leur tête rasée les dénonçait. Aziz effleura
l'article dans sa poche, d'une main, et le couteau
de l'autre.

Normalement, il n'allait pas au cinéma. Il se
réveillait, il allait à son boulot à la boulangerie, il
déjeunait, puis se rendait à son boulot à la patinoire.
Il rentrait tard chez lui et dormait. C'était sa vie.
Pourtant, il connaissait l'actrice dont Meerza avait
parlé dans son article. Elle se trouvait sur des panneaux d'affichage, dans des publicités de magazine,
toute en lèvres luisantes et en yeux aux lourdes
paupières. Et elle était là maintenant, sur cet écran,
en train de se lever après ses prières et d'entamer
une chanson triste.

À l'appartement de Meerza, quand Aziz avait terminé sa lecture, il avait fermé les yeux. Il les avait rouverts pour voir Meerza qui le contemplait, les traits tirés, l'air implorant. Il ne lui avait pas suggéré d'aller trouver la police.

« Qu'est-ce que vous allez faire ? lui avait-il plutôt demandé.

— Attendre.

— Où ça ?

— Ici », avait dit Meerza avec un geste circulaire, dessinant de ses doigts les contours vides de l'appartement.

Sur l'écran, la chanson était terminée. L'action s'était déplacée sur un champ de bataille. Un beau soldat chargeait son fusil tandis que des bombes explosaient tout autour de lui. Aziz regarda l'un des deux hommes, Prem ou Lal, se lever dans la pénombre et remonter l'allée en traînant les pieds. Il baissa la tête quand le malfrat passa près de lui. L'homme avait une moustache ; c'était Prem. Aziz attendit qu'il ait quitté la salle et se glissa hors de son siège.

Dans les toilettes, il y avait une stalle, un évier et un unique urinoir. La porte de la stalle était fermée. Entre elle et le plancher, des jambes de jeans remontées révélaient des chaussettes dépareillées, une bleue, une noire. Aziz s'appuya contre l'évier et déplia l'article après l'avoir tiré de sa poche.

« La violence collective qui a explosé dans les rues de Bombay l'an dernier, lut-il à haute voix, peut être directement attribuée à l'implication des gangs dans l'industrie du cinéma. L'étonnante carrière d'une star féminine, en particulier, est irrévocablement liée à une guerre en cours entre certains studios de production rivaux et les parties de la mafia auxquelles ils sont respectivement affiliés. »

Aucun bruit dans la stalle. Les pieds ne bougeaient pas.

Il continua : « Les spectateurs nord-américains pourraient être intéressés à savoir que cette actrice hindoue dont le *look* "exotique" leur vend des cosmétiques, des boissons gazeuses et de la haute couture – le visage international de Bollywood – a obtenu son rang prédominant dans son pays grâce non pas à ses talents, ni même à son physique, mais à une stratégie méthodique d'extorsion, de chantage et même de meurtre. »

Silence derrière la porte de la stalle. Aziz tourna les pages jusqu'au passage qu'il cherchait.

« Les efforts de la police de Bombay pour contenir la violence croissante ont été compromis non seulement par les syndicats du crime organisé mais aussi par les bailleurs de fonds de l'industrie cinématographique, qui soudoient les officiers municipaux pour les convaincre d'ignorer leurs activités. Un officiel qui refusait d'être ainsi soudoyé a été exécuté, à titre d'exemple pour ses collègues, en plein jour, sur la plage Jehu, où il se promenait avec sa femme et sa fille. »

Aziz baissa l'article.

« C'était mon frère », dit-il aux pieds, sous la porte de la stalle. « Notre père était policier au Kashmir et, quand les troubles sont devenus trop graves, nous avons déménagé au sud, à Jammu. Mon frère et moi, nous nous sommes enrôlés à l'académie. Quand nous avons obtenu notre diplôme, je suis resté à Jammu. Il est allé à Bombay. »

On actionna la chasse d'eau. Aziz se raidit.

Mais rien ne se passa. La porte de la stalle ne s'ouvrit pas. Les pieds restèrent là où ils se trouvaient. Aziz se rappela la main de Prem sur son bras, les poils sur les phalanges, le contact de sa peau, froide et humide. Et cette dent grise et morte.

Une minute s'écoula. Une autre. Les pieds demeuraient toujours immobiles. Aziz posa l'article sur le comptoir près de l'évier et tira le couteau de sa poche. Il en ouvrit la lame, un son net et propre. Il inspira, il expira, il cligna des yeux, il contempla encore un moment ces chaussettes dépareillées sous la porte. Puis il se mit en mouvement.

Parution originale : Filmsong,
Toronto Noir, Akashic Books, 2008.

PRISONNIER DU PARADIS

DENNIS RICHARD MURPHY

C'était absurde. Snake, c'était absurde. Snake "Le Serpent" Kettering au centre-ville de Nicoya, ça n'avait certainement pas de sens. Mais, pour Terry Doran, une chaude journée de décembre dans un restaurant chinois à midi, au Costa Rica, avec un arbre de Noël en plastique blanc qui clignotait comme un toit de voiture de police sur une scène de crime, ça n'avait guère de sens non plus.

Tassé près de l'arbre hyperactif, Doran était un homme de forte taille, la cinquantaine dépassée à en juger par les plis de son visage aussi jauni et usé qu'un dictionnaire de mots-croisés. Probablement un ancien athlète, vu l'épaisseur de ses bras. La sueur perlait sur son front et coulait dans les profondes rides en étoile de ses yeux et dans les replis de son cou, tachant son col et alourdissant les emmanchures de son débardeur gris, tandis que le courant d'air généré par les paresseux ventilateurs de plafond luttait contre la vapeur montant des rouleaux impériaux frits et de la sauce aux prunes bouillante.

Les sourcils froncés, cherchant à retenir une idée qui lui échappait, Doran regardait fixement la table sur laquelle reposait son déjeuner, deux bouteilles de Bavaria Negra au long cou et une collection de condiments. Il se mit à jouer avec les objets, le regard perdu dans le vague, les transformant sans le vouloir en une scène de la Nativité, avec la salière et la poivrière en bergers, un mouton fait d'une bouteille de sauce soya et du bétail représenté par un pot de *salsa picante*. Des Mages bouteilles de bière veillaient sur un enfant Jésus cylindrique en acier inox qui empêchait des serviettes en papier bon marché d'échapper à la mangeoire assortie, et les péchés du monde de répandre leurs déchets dans les rues.

Du revers de sa main massive, il démolit la scène en renversant la bouteille de sauce soja, puis essuya ses doigts mouillés sur son short de plage délavé. Il mordit dans un des rouleaux impériaux, mais c'était encore trop chaud. Il éventra les deux rouleaux avec ses baguettes pour laisser la vapeur s'en échapper, tout en se grattant le ventre d'un doigt distrait. Des poils grisonnants lui sortaient des oreilles, et d'autres pointaient sous sa casquette sale à la visière incurvée ornée du logo des Argonautes. Il portait une paire de tongs en caoutchouc noir à lanières arc-en-ciel qu'il avait achetée au coin de la rue pour moins de deux milles *colones*.

Il avait repéré Snake Kettering pendant qu'il attendait en file à la banque. Il avait parcouru la quarantaine de kilomètres le séparant de Nicoya avec l'argent de deux semaines de vente dans son short. Tout en patientant, sous le regard vigilant de gardes de sécurité impassibles en chemises bien repassées et d'un blanc aveuglant, il avait vu par la fenêtre l'éclair d'une casquette orange, une crinière de longs cheveux d'un blond sale, partiellement dissimulés par un grand sac à dos avec un sac de couchage roulé au bas de celui-ci. Le port de tête, le maigre profil, la pilosité inégale du visage et peut-être un vilain tatouage... Doran était certain que c'était Kettering. Absolument certain.

Mais ça n'avait pas de sens. Oui, bon, le fait de trouver dans cet endroit Terrence "Terry" Corcoran Doran n'avait guère de sens non plus. Un ex-flic, avec un X majuscule, en train de s'imaginer le fantôme qui l'avait amené là au départ. Secoue la tête, Doran. C'est la bière qui cause. Celle de la nuit dernière. Ou celle de ce matin.

S'il avait abandonné sa place dans la file, il n'était pas sûr que les gardes ou la femme au sourire accroché en permanence sur la figure l'auraient jamais laissé la reprendre, même s'il avait parlé assez l'espagnol pour expliquer ce qu'il voulait. Ç'avaient été vingt minutes interminables avant qu'il ait effectué son dépôt et puisse ressortir. Après la climatisation, l'air ambiant du milieu de journée l'avait frappé comme le napalm au Vietnam. Il avait examiné le parc de la ville, mais sans voir personne de reconnaissable, pas de bras tatoué, pas d'éclair orange ressemblant au dessous d'une aile de perroquet. Pas de cheveux blonds sales. Il était allé chercher des réserves au nord-ouest de la ville, en ralentissant pour examiner chaque passant, avant de revenir au parc central. Les vitrines des magasins étaient bourrées de jouets, de la camelote, des lumières en plastique d'arbres de Noël, en forme d'oranges et de poinsettias, des décorations de centre de table avec des chandelles ramollies par la chaleur, incurvées entre les ornements de Noël en cuivre comme des érections épuisées. Il avait longé à pied les pâtés d'immeubles, sur une certaine distance, en jetant un coup d'œil dans toutes les boutiques, jusqu'à ce qu'il casse une sandale et achète les tongs à lanières arc-en-ciel. Il faisait foutument trop chaud pour tout ça.

Aucun *Tico* ne se trimballait dans les rues de Nicoya en plein midi. Un couple d'Allemands entra dans le restaurant, porteur de raisonnables chaussures de marche et de petits mais coûteux sacs à dos, attiré – comme Doran – par le fallacieux sanctuaire impliqué par les rangées de drapeaux en papier de toutes les nations suspendues entre les ventilos de plafond. Ils traînaient dans leur sillage un ado de mauvaise humeur, embarrassé d'avoir des parents, aux jambes d'un blanc presque bleuté dans un minuscule short de football européen.

La *siesta*. C'était ce que les *Ticos* étaient en train de faire, dodelinant du chef sous l'ombre d'un porche ou étalés les bras en croix sous un ventilateur aux pales lentes. Doran n'arrivait toujours pas à faire la *siesta*. Ce n'était pas le genre d'homme qui s'adonne à de petits sommes. Il passait ces heures-là à boire chez *Jesse's* en pensant à des trucs. Par exemple, à ce que Snake Kettering pouvait bien faire à Nicoya. La place de ce sale voyou était en prison, à se geler le cul avec ses copains motards jusqu'à ce qu'ils crèvent de froid, ou de vieillesse.

Les rouleaux impériaux ne voulaient pas refroidir. Doran se sentait anxieux. Il lança quelques billets sur la table et retourna à l'endroit où le Land Cruiser rôtissait au soleil. Il avait acheté ce camion couleur turquoise deux ans plus tôt, d'un surfeur américain qui avait besoin d'argent pour rester au Costa Rica. Tous ceux qui venaient là voulaient rester. L'affichette *Se Vende* était collée dans la vitre arrière au cas où quelqu'un serait intéressé par un quatre portes/quatre roues de 1987, cinq vitesses, V6, 4,2 litres, avec des "barres à kangourous" australiennes. Doran vérifia la stabilité des contenants à condiments et des bidons d'huile, à l'arrière, et longea le pâté d'immeubles poussiéreux pour éviter les réparations du pont principal, en cours depuis qu'il était arrivé dans le pays.

Sur la route du retour, il se conforma à la limite de vitesse, en évitant des iguanes paresseux et des nids-de-poule de la taille d'un armadillo, tout en observant des troupeaux ensommeillés de bestiaux aux oreilles de lapin, debout dans des poses languides sous des arbres solitaires, comme s'ils avaient oublié leurs plans à long terme en plein milieu de leur rumination. Il rétrograda pour les bosses métallisées des ralentisseurs qui annonçaient régulièrement des passages d'écoliers, en contournant des groupes d'enfants qui se tenaient par la main pour rentrer chez eux, dans des uniformes bien propres et bien repassés. La vie était plaisante ici, si l'on avait un peu d'argent. On n'en avait pas besoin de beaucoup. La température était parfaite toute l'année sur la côte, la bière froide et peu chère si l'on savait où la boire, les résidents du lieu étaient réservés et polis. Même dans ce que les escrocs à touristes appelaient "la saison verte", il ne pleuvait vraiment fort que pendant une heure fixe chaque après-midi et même des véhicules plus bas sur roues que le tout-terrain pouvaient presque toute l'année traverser à gué les rivières de l'arrière-pays.

Doran s'était ramassé à Liberia avec un petit compte en banque et une grosse amertume pour sa vie gâchée de flic. Parce qu'il s'était fait virer pour avoir été le genre de policier qu'il était. Parce qu'il avait perdu Donna Logan, parce qu'il avait perdu son insigne. Trois ans plus tard, il possédait un deux pièces avec terrasse à un pâté d'immeubles de la plage. Il possédait aussi une affaire imprévue qui était d'une rentabilité tout aussi imprévue, une sorte de petite amie, si Rita voulait seulement se détendre et profiter du moment, et il avait en guise d'amis une collection d'expatriés, des excentriques itinérants. Pas si mal pour un raté du Nord.

Il tripota le bouton de la radio en essayant de trouver de la musique qui ne serait pas des guitares se coursant jusqu'à la fin d'un morceau. Puis il tourna à droite dans un village bien entretenu où un groupe d'enfants était assis bien sagement avec leurs gardiennes sous des arbres, dans la chaleur, en train de regarder des hommes au teint foncé et aux pommettes accusées, à moitié endormis, assembler des petits chariots plats dans un terrain de foot dépourvu de toute ombre. Des Indiens, peut-être, qui avaient traversé la frontière du Nicaragua pour le travail saisonnier. Devant l'église, des gens du cru à la peau plus claire, des hommes aux larges faces et aux moustaches noires au-dessus de dents blanches, riaient et échangeaient des blagues tout en déplaçant des échelles et en appliquant une couche fraîche de peinture aluminium sur une croix dressée. Occupé à observer ces préparatifs destinés à la fiesta de fin de semaine, Doran rata le ralentisseur de l'école et le camion décolla, comme ses quatre-vingt-dix kilos.

Il était à mi-chemin de chez lui, entre Nicoya et *Chez Doran, le frites & poisson de la plage – Pescado y patatas fritas – Abierto 4-8 p.m.* Sa boutique, qui, à sa grande surprise, payait plus que les seules factures. Javier en était le principal employé, de toute manière. Pas un emploi qui vous pesait, comme être flic. Des vacances, pas une vocation. Doran renifla avec ironie, comme s'il avait parlé à haute voix et devait manifester son accord de la même façon. Si le sergent inspecteur Terry Doran comme chef à la friture était une mauvaise blague, Snake Kettering dans le coin, c'en était une bien bonne. Sauf que Donna Logan ne riait pas. Elle était plus froide que les bâtards suivez-le-règlement sur lesquels Doran avait secoué la poussière de ses souliers, plus froide que le boulot qui lui avait été arraché après trente-trois ans. Trente-trois, avec deux citations comme inspecteur de l'année, une pour bravoure en service, et l'autre pour avoir été blessé à l'épaule. Après trois maisons, trois chiens et deux épouses.

Les divorces de flics sont évidents bien avant qu'ils arrivent. On pourrait dire qu'ils commencent à l'autel, du moins pour les véritables flics, pas les yuppies du personnel de bureau plus branchés sur les heures sup' et les plans de retraite que sur les dossiers d'affaires criminelles. Les deux séparations avaient été amicales, dans la mesure où il n'y avait rien eu en jeu sinon le désir d'en finir, pas d'investissements, pas d'enfants, guère plus à partager que des instantanés de vacances de temps plus heureux. Et les animaux familiers. Il avait gagné la garde d'un chien berger, perdu un beagle et donné une bâtarde cinglée nommée "Exécutrice" à Steve Bidalki quand il avait quitté le froid.

Le divorce d'avec le département n'avait pas été aussi amical. Doran aimait encore à penser qu'il avait bien dit à Müller où il pouvait se foutre le cas Logan et son département tout entier, mais la vérité, c'était que l'inspecteur l'avait saqué pour des accusations allant d'assaut sur un civil à interférences dans la bonne exécution d'une enquête. Donna Logan, une agente immobilière de trente-huit ans, avait été brutalement violée et battue avant d'être jetée comme les ordures d'un mauvais campeur sur le bord du chemin forestier qui va de Fox Creek au Parc. Son assaillant ne l'avait pas tuée. Elle était morte gelée au bord de la route, en janvier. Un trappeur avait découvert son corps au printemps, deux mois et demi après qu'elle avait disparu de Fox Creek et du lit de Doran, tellement déchiquetée par les bêtes sauvages que tout examen médico-légal *post mortem* avait été un gâchis de formulaires de rapport.

Doran savait que Kettering l'avait tuée. Il pouvait le sentir. Tout ce qui avait fait de lui un sacrément bon policier, pendant si longtemps, lui disait qu'il était dans le vrai. Entre-temps, la raclure l'avait nargué, glissant des allusions à ses copains, et ricanant dans l'oreille de Doran, une nuit, tard, au bar de l'Auberge Voyageur, jusqu'à ce que Terry perde le contrôle et lui flanque une dégelée qui l'avait laissé inconscient, livré au sort de Donna sur la glace noire du stationnement. Si seulement! La réaction de l'inspecteur Müller aux accusations formellement portées par Kettering avait été de retirer Doran de l'enquête. Il n'aurait jamais dû y participer, au départ, évidemment. Doran le savait aussi. Mais seul son partenaire, Steve Bidalki, savait que Donna était sa petite amie.

La suspension avait réduit à néant toute une vie de dévotion envers Doran, et les vautours des médias avaient adoré ça. Les types des journaux à qui il avait refusé des informations ou de courtes entrevues l'avaient condamné en première page comme une brute dysfonctionnelle, tout en émettant des miaulements de sympathie à l'égard d'un Kettering qui s'ouvrait grand la gueule. Des flics avec lesquels il avait refusé de se saouler, de jouer le vendredi soir à la partie de cribbage ou de partager le butin tombé d'un camion pendant une enquête s'étaient réjouis de sa chute. Des jeunes gens à face de vinaigre en costards coûteux, munis de mallettes minces, étaient venus de Toronto pour lever le nez sur les restaurants locaux et étudier son dossier.

Tout en attendant leur décision, Doran avait continué à travailler sur l'affaire, de chez lui. Ce cas l'obsédait. Ce cas le possédait. Avec l'aide réticente de Bidalki à l'interne, il était venu de plus en plus près de prouver la culpabilité de Kettering dans le viol et le meurtre de Donna. Mais pas assez près. Et pas à temps. Il avait joué sa carrière pour prouver la culpabilité de Kettering, et il avait perdu. Jusqu'à aujourd'hui.

Jesse Rubin était en train de se servir d'un t-shirt déchiré pour essuyer le guano de chauves-souris sur les haut-parleurs du bar, qui diffusaient un CD de Bob Marley.

« Tu es sûr que c'est ce type, ce Snake, que tu as vu, Terry ? » demanda-t-il.

Le fracas des vagues à marée haute retentissait derrière Doran qui, assis sur un tabouret de bar en rotin, grattait de l'ongle l'étiquette mouillée d'une Negra. Jesse se présentait toujours comme "juste Jesse", mais Doran avait vu une enveloppe, des mois plus tôt, avec un nom de famille, et il l'avait enregistré. Ce n'était pas qu'il fouinait. Il était flic. Il ramassait des infos. Les rangeait. Les ressortait quand c'était pertinent. Son cerveau était un classeur bourré de détails hétéroclites qui pouvaient finir par avoir du sens, un jour.

« Non. Je ne pouvais pas être sûr, avec la foule et le sac à dos, et les reflets dans les vitres de la banque et tout ça. Mais ça lui ressemblait. Un voyou maigrichon. Une petite barbe – un de ces machins, juste là. » Il désignait le dessous de sa lèvre inférieure, de son gros ongle. « Une casquette en maille orange, haute, comme celle d'un camionneur ou d'un plouc. Un tatouage pas net sur le bras gauche et l'épaule. Un anneau dans l'oreille droite… le bout de l'oreille, pas le lobe…

— Seigneur Dieu, tous les gamins nés depuis les années quatre-vingt portent des tatouages et des anneaux, Terry. » Jesse secouait sa queue-de-cheval grise. « Je crois que Sunset est née avec les oreilles percées, mon vieux. Elle a eu son premier tatouage à trois ans, n'a même pas pleuré. »

Sunset était la fille de Jesse. "Crépuscule". Ils avaient plus de quarante ans, maintenant, songea Doran, tous ces mômes des années soixante appelés Aube et Étoile du Matin, Paix et Psychédélia…

« Ou bien c'est comme ça que vous fonctionnez, les flics ? continuait Jesse. En sautant aux conclusions, en voyant des trucs là où y a rien à voir ? Maudites chauves-souris… » Il frottait vigoureusement les petits excréments avec son chiffon.

« Compte tes bonnes étoiles, Jess. Si dans ton quartier les flics avaient sauté sur quelques conclusions bien évidentes, tu porterais encore de l'orange et tu serais encore le chéri de San Quentin. »

Jesse se mit à rire, d'un rire forcé. Il hocha la tête en haussant les sourcils : « On n'est pas tellement différents, Terry, mon homme. On a pris des chemins différents pour arriver ici, mais maintenant, on est partenaires au paradis, mec. »

Il essuya d'autres petites boulettes noires de son comptoir, puis jeta un coup d'œil vers les coins sombres du toit de paille où dormaient les chauves-souris vampires.

« Tu diriges des spots dans ces coins-là, dit Doran, les chauves-souris n'iront pas. » Jesse acquiesça comme s'il l'avait déjà entendu dire auparavant. « Et puis, ça fait joli.

— Une autre bière ? »

Doran secoua la tête en examinant sa montre comme si elle était en panne.

« Non, faut que j'y aille. Je change l'huile, aujourd'hui. Faut être prêts pour la bousculade de Noël. »

Il fouilla dans ses poches pour y chercher un peu de pièces en cuivre et compta mille *colones*. Il calculait encore le change quand il achetait quelque chose. Il n'arrivait pas à se débarrasser de cette habitude. Un dollar la bière, se dit-il. La définition du paradis, pour certains.

« Tu veux dire que tu changes vraiment ce truc ? Incroyable. »

Doran remonta son short, posa son argent sur le comptoir et adressa à Jesse un doigt d'honneur.

« Tous les trois ans, Jess. Que ça urge ou pas. Comme les tuyaux de tes barils de bière. »

Jesse le salua de la main en continuant à essuyer son comptoir. Avec un éclat de rire, Doran transforma son doigt d'honneur en salut à son tour et s'éloigna d'un pas traînant sur le sable gris poudreux en direction de sa cabane en bois au toit recouvert de palmes. L'enseigne représentait une bande de sable blanc et une barque de pêche trop haute sur l'eau. Sunset la lui avait peinte pour dix mille *colones*.

Moins de vingt dollars. Il avait mis par-dessus une rangée multicolore de lumières de Noël, l'année précédente, et l'y avait laissée.

Il déverrouilla la porte d'en arrière et écouta les geckos courir se mettre à l'abri quand il alluma les lampes. Il acceptait très bien les petits lézards verts, les iguanes et les vautours qui vagabondaient dans le village. Ils mangeaient les insectes et les bestioles écrasées sur la route, ils gagnaient leur droit à l'existence. Les chauves-souris aussi, sans doute, mais il ne les avait jamais aimées – un souvenir de minuit, sa mère en train de hurler en tenant un magazine sur ses longs cheveux bruns tandis que son père, saoul comme d'habitude, donnait de grands coups de bras dans l'air de la chambre avec un journal, jusqu'à ce qu'il tombe par terre et sombre dans l'inconscience.

La marée était presque haute à présent, le ressac à seulement une dizaine de mètres, là où, dans quelques heures, ce serait un long périple pour se rendre jusqu'à l'océan. Doran s'affaira avec les seaux de plastique, vida une des friteuses dans des contenants vides, pour gratter ensuite le résidu granuleux de la pâte avant de verser l'huile propre. La procédure avait quelque chose de satisfaisant, cette remise à zéro du système, pour recommencer à neuf. Peut-être était-il tout aussi simple de renouveler Terry Doran. Un changement d'huile. En tout cas, il devait mettre Steve au courant, pour Kettering. Il vérifierait comment ça se passait, là-bas. Peut-être certaines mémoires étaient-elles plus courtes que la sienne. Peut-être Snake Kettering était-il sa clé pour le savoir.

Il faisait sombre et un peu étouffant dans la cabane, mais il savait que s'il ouvrait les panneaux pour laisser l'air et la lumière entrer, la queue commencerait aussitôt, et il n'était pas prêt pour des clients. Il ne l'était jamais. C'était pourquoi il avait engagé Javier, qui avait pris la semaine pour aller dans sa famille, au lieu de rester là pour Noël avec les foules venues de San José. Doran vida la deuxième friteuse dans l'autre seau, la nettoya et la remplit de nouveau, puis il tira les deux seaux d'huile usée et les rangea au fond de son camion. Il sortit de celui-ci les sacs de plastique rayé achetés à Nicoya – du ketchup Heinz pour les Américains, du vinaigre de malt Crosse et Blackwell pour les Brits et les Canadiens, de la mayonnaise Hellman pour les Européens, et du sel pour tous. Ç'avait été une bonne idée d'ouvrir cette cabane à frites. Pas son idée à lui. Celle de la femme de Steve, Martha – non, "Marta". Ils étaient venus lui rendre visite après quelques mois. Steve avait aimé la rusticité du village, mais Marta était une fille à hôtel de vacances forfait tout compris, et ç'avait été sa frustration due à la nourriture et aux commodités qui lui avait fait souhaiter avec conviction de trouver un seul bon marchand de frites & poisson.

« Avec tout le maudit poisson qu'il y a ici, ça devrait être facile. Et cuire des frites, ce n'est pas difficile non plus. Ils font tout à la friture, par ici ! »

L'inspecteur Steve Bidalki était le seul qui croyait que Doran avait raison en pensant que Snake était le meurtrier de Donna. Bidalki avait travaillé assez longtemps avec lui pour savoir que les intuitions de Doran donnaient toujours des résultats, mais même lui savait que le cas Logan était trop près de l'os. Doran se demandait comment Steve réagirait s'il parvenait à tirer des aveux de Kettering après tout ce temps – on gagnait des points en réglant des affaires classées, ces temps-ci. Peut-être cela donnerait-il au petit le coup de main dont il avait besoin. Ça lui gagnerait ses galons de sergent, ou à tout le moins une citation.

Assis dans l'ombre fraîche de la cabane, et sirotant une Imperial tiède libérée de la réserve de bière destinée à la pâte, Doran sentit son estomac gargouiller. Il aurait dû manger ses rouleaux impériaux. Dehors, les touristes ronchonnaient, en demandant pourquoi le commerce n'était pas ouvert à quatre heures alors que l'enseigne disait quatre heures. Il attendit leur départ avant de se nouer un tablier graisseux autour de la taille et de relever le panneau avant pour commencer sa journée.

Il était sept heures quand il put enfin tirer avantage d'une accalmie et refermer le panneau. La partie de football vespéral des gamins du cru sur le sable dur et humide était arrivée avec le crépuscule, et repartie avec la nuit. Doran avait gardé l'œil ouvert, au-delà de leurs silhouettes maigrichonnes et de leurs pieds rapides, à l'affût d'une casquette orange et de cheveux blonds. Les routards ne venaient pas dans cette partie du monde pour rester dans des petits bourgs comme Nicoya. On y allait pour la banque, l'hôpital ou la pharmacie, pour acheter des vivres. Les routards venaient pour les plages, les hôtels ou les terrains de camping bon marché. Les surfeurs sérieux prenaient les routes défoncées au sud, traversaient les avancées de terre, après San Miguel et Coyote jusqu'à Santa Teresa et Mal Pais. Les riches s'installaient dans les stations balnéaires clôturées et les terrains de golf au nord, près de Tamarindo.

Si j'étais Kettering, pensa Doran, je viendrais dans ce village-ci. La plage était belle, le surf pas trop difficile, il y avait de la place pour camper au sud du village. Ouais, se dit-il en refermant le gros cadenas et en marchant le long de la place en direction de *Chez Jesse*, le Serpent pourrait bien ramper tout droit dans sa caverne à lui. Il était prêt à le recevoir. Prêt à rendre justice. Ça ne serait pas extra si l'ordure était son ticket de retour ? Dans le froid, au pays. Dans sa vraie vie.

C'était bourré, chez Jesse – ce que le patron n'aimait pas particulièrement. L'attitude des industries de service locales, c'était d'en vivre, pas de faire fortune. Quand Jesse vit arriver Doran, il passa un tabouret par-dessus le comptoir et le garda en main jusqu'à ce que Terry le réclame, pour aller s'installer dans un coin du bar, côté plage. Un groupe de jeunes Américains qui avaient déjà trop bu regarda fixement ce vieux bonhomme en débardeur sale avec un air "et t'es qui, toi ?", mais ils n'étaient pas assez saouls – ou pas assez coriaces – pour le dire à haute voix.

Doran se mit à siroter sa Negra, tourné vers la plage. La marée descendait vite à présent, et l'étendue plate et grise du sable, brillante d'eau, reflétait une lune presque pleine. Les crabes de sable, à peine visibles dans les filaments lumineux d'un coucher de soleil terminé depuis deux heures dans le Pacifique, jouaient en oblique à une partie nerveuse de cache-cache avec les quelques couples de promeneurs.

Terry entendit les chevaux de Sanchez avant de les voir – et il les vit à peine. Pendant toute la journée, c'étaient des canassons pour les touristes, mais à présent ils étaient pleins d'ardeur dans le ressac des bas-fonds. Huit ou dix, ou douze, ils galopaient vers le sud, la tête haute, la crinière claquant fièrement dans la brise, levant très haut leurs sabots dans les vagues comme des chevaux de fiacre, noirs sur noir le long de la plage obscure. Seule l'écume blanche de l'eau qu'ils éclaboussaient manifestait leur présence tandis que, tels des spectres, ils dansaient leur exquis cauchemar avant de disparaître. Chaque fois que les chevaux de Sanchez couraient sur la grève, cela émouvait Doran. C'était son test intime pour voir s'il ressentait encore quelque chose. Ses yeux devenaient humides, comme si les deux seules émotions qu'il pouvait encore éprouver, c'étaient le cynisme et les larmes. Il ne lui restait plus grand-chose pour la loyauté, le devoir ou l'amour.

Ce qui lui rappela Rita. Elle travaillait jusqu'à dix heures, et il avait besoin d'aller la voir.

Un signe de tête à Jesse pour qu'il mette la bière sur son ardoise. Un signe de tête en retour, et Doran laissa les gamins se servir de bière et de gueulantes pour réparer un monde qui n'était pas aussi déglingué que les familles d'où ils venaient. À pas lents il remonta là où la rue principale s'arrêtait dans le sable, le long de la petite station de police que les deux flics du coin semblaient ne jamais quitter. S'il y avait de la criminalité dans ce village, Doran ne la voyait pas, et les deux flics non plus, s'ils ne sortaient jamais. Ce qui était peut-être la raison pour laquelle ils ne le faisaient pas. Il s'engagea sur le haut et unique trottoir du village. À mi-chemin du pâté de maisons, en retrait de la rue de l'autre côté de l'agence immobilière, il y avait *Canopy Tours : Location de scooters et Café Internet*.

Il faisait frais à l'intérieur. Comme d'habitude, le soir, il y avait une file d'attente pour les six ordinateurs. Personne n'envoyait plus de cartes postales ou n'achetait plus de pellicule photo. Les gamins – ceux qui attendaient étaient tous des jeunes – envoyaient des courriels et des photos numériques, et ils chattaient en temps réel avec des amis lointains qu'ils pouvaient voir à l'écran.

Rita lui sourit de son fauteuil, en se trémoussant. Elle était à son avantage, ce soir. Jolie. Doran se rendit compte qu'il ne s'était pas rasé ni changé depuis deux jours, peut-être plus, et il ôta sa casquette en guise de pénitence. Rita se trémoussa de nouveau. Elle était fière de son décolleté et elle avait le corps pour aller avec. Même dans la quarantaine, elle tenait encore les loueurs de scooters, les amateurs de circuits touristiques et les copains de salles de chat fascinés par le frémissement de ses seins. Elle ne possédait aucune camisole qui ne soit pourvue d'une profonde encolure en V. Sa peau était couleur café avec une seule mesure de crème, et sa brillante chevelure noire, lui dégageant le visage, était étroitement nouée en queue-de-cheval qui lui retombait sur la nuque. Elle était revenue au village après avoir travaillé dans une agence de voyages de San José afin de s'occuper de son père, sur la route de Nosara. Quand elle n'était pas chez Doran.

« Hey, Terry. *Buenas tardes.* »

Elle avait un magnifique sourire. Des dents blanches, parfaites, et des lèvres couleur de cerise noire. Elle se trémoussa de nouveau en faisant pivoter son fauteuil vers lui.

« Qu'est-ce qui t'amène ici, *amigo* ? »

Doran pouvait dire à son sourire qu'elle pensait que c'était elle.

« Toi, quoi d'autre ? » dit-il, mais son sourire forcé le dénonçait. Doran détestait les mensonges, surtout les siens. « Et j'ai besoin d'envoyer un courriel chez moi... à un ami, je veux dire. Du boulot. À Bidalki. Tu te rappelles ? Steve ? »

Rita hocha la tête en laissant l'honnête vérité l'emporter sur le mensonge gentil. Elle jeta un coup d'œil circulaire sur la salle.

« Peut-être dans une heure, Terry. Pas avant. Neuf heures, on dit ? Neuf heures et quart, peut-être ? »

Doran acquiesça en remettant sa casquette.

« D'accord, vers neuf heures. Je reviendrai. »

Sa sortie fut compliquée par le couple d'Allemands et leur fils, ceux du restaurant de Nicoya, qui portaient des casques de motocyclette surdimensionnés. Les paumes et les jambes nues du garçon saignaient, écorchées. Les parents semblaient bien décidés à ce qu'il en tire une leçon, et que Rita leur serve de témoin. Doran sortit. Il n'aimait pas entendre parler allemand.

Il longea les deux pâtés de maison après le *Super Mercado*, dont la petite entrée était bourrée de 4x4 et de bicyclettes tout terrain, les clients tardifs. Derrière sa cabane à frites, il sauta dans le Land Cruiser et suivit les méandres de la route menant à Playa Carillo. L'air qui passait par la fenêtre était frais sur son visage. Il était interdit de camper sur la plage, mais parfois des gamins désargentés prétendaient ne pas pouvoir lire les panneaux et le faisaient quand même. Même ceux qui parlaient espagnol. Mais ce soir, c'était désert. Doran dépassa la longue courbe bordée de palmiers, côté sud, là où étaient amarrés les bateaux de pêche de location. Puis il marcha à pied jusqu'à l'eau. La lune était plus haute à présent et l'arc parfait du ressac étincelait dans sa lumière. Les montagnes étaient proches de la mer, ici. Des lumières clignotaient dans les riches demeures où l'on sirotait un dernier verre sur des terrasses pavées de carreaux frais en contemplant les lumières des cargos et des pétroliers qui se dirigeaient vers le nord et Panama. Doran avait du mal à expliquer à un interlocuteur sain d'esprit pourquoi il avait envie d'être ailleurs, d'être quelqu'un d'autre. Il se débarrassa de ses tongs, lança casquette et débardeur sur le sable et entra dans l'écume tiède et blanche de la vague qui se retirait.

En route vers chez Rita, il s'arrêta dans un petit terrain de camping situé au bord de la route donnant sur la montagne. Il y avait là cinq tentes plantées sur un étroit terrain orné de palmiers, toutes en dômes colorés, des routards. Le gérant émergea quand il entendit la camionnette sur le gravier. Doran mima le sommeil puis désigna les tentes. L'homme se mit à rire en secouant la tête : « *Siempre fiesta* », dit-il en claquant des doigts comme si c'étaient des castagnettes et en désignant le bourg.

Doran retourna au café Internet à neuf heures moins dix et attendit quinze minutes qu'une machine se libère.

L'adresse courriel de Steve Bidalki était la seule qu'il connaissait. En route, il avait pensé à ce qu'il écrirait. Il garderait le message dans le style boulot, bien professionnel. Comme un rapport d'enquête, pas comme le message d'un flic obsédé en train de gratter de vieilles blessures. Il tapa "Hello", demanda des nouvelles de Marta, dit que ça allait bien de son côté et donna une idée de la température locale. Après les avoir invités à lui rendre de nouveau visite, il passa aux choses sérieuses : Müller est toujours là ? Du nouveau dans l'affaire Logan ? Est-ce qu'on sait où se trouve Roland "Le Serpent" Kettering ? Et est-ce qu'il fait bien froid aujourd'hui par chez vous ? Joyeux Noël et Bonne Année. Oh, et transmets mes vœux à ceux qui pourraient se rappeler que j'existe.

Et puis le coup d'envoi : "J'ai vu quelque chose ici, aujourd'hui, qui pourrait faire de nous deux des héros. Amitiés, Terry."

Un jeune aux cheveux noirs attendait son tour à l'ordinateur, et Doran se leva.

Rita jeta un coup d'œil sur la salle pour voir si quelqu'un les regardait, puis elle écarta d'un signe de la main les 350 *colones* que Doran essayait de lui donner. Elle lui adressa un clin d'œil, chaque jour plus nord-américaine, avec un sourire :

« L'inspecteur Doran est de nouveau au boulot ?

— Sergent-chef inspecteur. À la retraite. »

Il s'assit dans un fauteuil placé près du bureau de Rita.

« Désolée.

— Oh, pas grave. J'ai vu quelque chose, quelqu'un, à Nicoya, aujourd'hui. Quelqu'un du passé. Un sale type.

— *Tico ? Gringo ?* Un Blanc ? »

Doran se pencha pour lui en parler. À voix basse il décrivit les cheveux, la casquette, le débardeur, le tatouage, le sac à dos. Elle murmura en retour :

« Eh bien, ce type était ici ce soir, Terry. Assis là, au poste 2, juste où tu étais.

— Quand ? Quand, Rita ? Quand était-il là ? »

Le cœur serré, il se rendit compte qu'il n'avait pas demandé à Bidalki de lui envoyer une photo de

Kettering. Il avait quitté le job depuis trop longtemps. C'était vraiment stupide. Comment effectuer
une recherche bien professionnelle sans une foutue
photo ?

« Quand tu étais là. C'était quand ? La première
fois. Ça devait être autour de huit heures, si je t'ai
dit qu'il y aurait une heure d'attente.

— Tu es sûre que c'est le même type ?

— Comme tu l'as décrit. Pas un gamin. Peut-être
trente-trois, trente-cinq ans. Une barbichette sous la
lèvre. Une casquette orange avec une image de gros
camion dessus. On leur fait ôter, ici, les casquettes,
je veux dire. Je ne sais pas pourquoi les *Norte
Americanos* en portent à l'intérieur. Même à l'église.
Pas de respect. »

Doran fit glisser sa casquette, mais Rita ne le
remarqua pas.

« Des cheveux blonds sales, des habits sales. Il
couche probablement dehors. Il a un sac de couchage
attaché à son sac à dos. Un tatouage sur l'épaule
droite – non, gauche –, peut-être une anguille ou
quelque chose de ce genre. Genre fait maison, mais
gros, avec l'encre toute barbouillée. Un truc laid… »

Doran vérifia dans toute la salle, paniqué, visage
après visage.

« Il n'est plus là, Terry. Il a envoyé son courriel
ou il a eu son chat'. Il n'a été là que dix minutes
environ. Il a payé et il est parti. Il puait.

— Tu peux retrouver son message ? Tu peux dire
où il l'a envoyé ? À qui il a parlé ?

— C'est privé, Terry. C'est le principe de tout le
truc. C'est privé.

— Rita. Tu peux ?

— Eh bien, s'ils ne l'effacent pas de la boîte
d'envoi, on peut…

— Fais-le, Rita. Fais-le tout de suite. »

Si Kettering avait communiqué avec un de ses copains, il saurait d'où il venait. Que c'était lui. Rita se trémoussa un peu puis se leva en se penchant. Ses seins menaçaient de jaillir de sa robe.

« On le fera quand la machine sera disponible, Terry. On ferme dans vingt minutes. Il faudra peut-être attendre jusque-là. »

Ces vingt minutes durèrent plus longtemps que celles de la banque. Doran faisait les cent pas sur le trottoir, en marmonnant des saluts aux boutiquiers et aux marchants itinérants de bijoux qui le connaissaient, en se bottant le cul pour ne pas avoir demandé une photo d'identité de Kettering à Bidalki, pour ne pas être resté en contact plus étroit avec là-bas, pour avoir perdu son sang-froid et battu le Serpent au Voyageur, pour avoir irrité Müller et lui avoir donné une bonne raison de le virer. Quand il retourna au café Internet, le gamin aux cheveux noirs du poste 2 tapait toujours sur le clavier. De l'extérieur, Doran regarda Rita éteindre les lumières et les ordinateurs. Le môme ne bougeait pas. Rita jeta finalement un coup d'œil à la fenêtre, les mains sur les hanches, appelant Doran à la rescousse. Celui-ci rentra.

« C'est fini, petit.

— Juste une ou deux minutes encore, dit le jeune, les yeux fixés sur l'écran, en tapant à toute allure. Dylan s'est finalement branché, et je veux…

— Demain, petit », insista Doran.

Le jeune, un garçon fluet, leva enfin les yeux pour voir un ex-flic de plus de quatre-vingt-dix kilos avec trois jours de barbe et un projet pressant.

« Oui, monsieur », dit-il.

Il mit une éternité à payer et à s'en aller. Doran et Rita s'installèrent à l'ordinateur. Elle tapa sur les touches avec alacrité et ouvrit le programme de courrier. Doran remarqua la minceur de ses doigts et ses ongles soigneusement laqués de la même couleur que ses lèvres pendant une accalmie en cours de journée. Pour lui? Dans le programme de courrier, elle alla chercher "Envoyé" et une liste de courriels se déroula sur l'écran,

« Jésus, dit Doran, on ne va jamais…

— Chut, dit Rita. Quelle heure j'ai dit que c'était?

— Vers huit heures. »

Elle sélectionna cinq messages envoyés entre 7:55 et 8:10 ce soir-là. Doran regarda fixement le premier.

« Ouvre-le »

Rita cliqua deux fois. C'était de quelqu'un appelé Gerda à une fille appelée Renata dont l'adresse se terminait par le suffixe *.de* de "Deutschland".

« Non. Essaie le suivant. »

De la même Gerda à une autre amie en Allemagne.

« Je te trouve très sexy quand tu es sur le job, Terry. Je parie que tu étais un flic très sexy, *amigo*.

— Le suivant. » Il avait souri malgré lui. Pour lui aussi, c'était une sensation agréable de faire ça.

« On ne sait pas s'il a seulement envoyé un courriel, Terry. Peut-être qu'il s'est juste branché pour chatter…

— Le suivant. »

Rita bougea la souris. Tara, cette fois, qui écrivait à Mom. Rita alla au quatrième message.

« Bingo », dit Doran.

C'était un message bref: "Hey, B. C'est tellement cool ici. Des palmiers, des filles *hot* avec rien que des tongs et de l'huile de coco. De la bonne herbe. Pas de flics. Pas de troubles. Des foutus singes dans les foutus arbres, mec. De la bière pas chère. L'été en continu. Plein de riches bâtards. Je dors sur la plage sous un bateau pour pas un rond. Faut que tu viennes quand tu seras dehors, mec. Je serai probab encore là. Foutu paradis, mec."

C'était adressé à MNCI, "Mid-Northern Correction Institution", une prison à sécurité moyenne à quarante-cinq kilomètres de Fox Creek.

« On l'a ! Vérifie le suivant. »

Quand il vit que c'était écrit par quelqu'un d'autre, Doran franchit la porte plus vite qu'une moto tout-terrain. Il conduisit le plus rapidement possible le long de la route défoncée jusqu'à l'extrémité de la baie, là où s'échouaient les bateaux de pêche locaux. Il la connaissait par cœur, même dans l'obscurité. Avec Javier, il venait là une fois par semaine pour acheter des corvines, des dorades, des tilapias, n'importe quoi qui se pêchait. Il roula sur le sable dur et tassé. La marée était loin à présent, les rouleaux des vagues à peut-être trois cents mètres des hôtels et des maisons. Il ne savait pas s'il y avait une loi interdisant de circuler en voiture sur la plage, juste que personne ne le faisait. Il avait le goût de la chasse dans la bouche, à nouveau. Comme du caramel qui fond, doux sur la langue mais intense dans la gorge. C'était si bon. Il y avait si longtemps.

Il éteignit les phares du Cruiser, passa en seconde et tourna au nord, laissant l'embrayage et le moteur le tirer dans cette direction, en scrutant le noir jusqu'à ce qu'il puisse y distinguer des formes. Il n'y avait jamais beaucoup de bateaux sur cette plage. Deux vieilles carcasses étaient là de manière permanente, avec peint dessus le nom des bars de plage qui se trouvaient derrière. Les barques régulièrement utilisées par les pêcheurs passaient peu de temps sur la grève. Doran s'arrêta à une centaine de mètres de la première, coupa le moteur et resta assis en silence, une fenêtre baissée. Le roulement du ressac masquait le bruit qu'il avait pu faire. Il chercha à tâtons dans le compartiment à gants, puis dans le réceptacle brisé entre les sièges, toucha la longue poignée d'une torche électrique puis le manche rouillé d'un démonte-pneu. Il prit les deux et laissa ouverte la porte de la camionnette ; l'éclairage intérieur n'avait jamais fonctionné.

Il se glissa vers le bateau retourné. C'en était un petit, en bois, une construction locale à en juger par la manière dont les planches de la coque se recouvraient et s'incurvaient vers la poupe. Il l'approcha du côté qui touchait le sable, en écoutant s'il y avait des ronflements ou des toussotements. Même aussi haut sur la plage, c'était difficile d'entendre autre chose que les maudites vagues déferlantes. Doran se mordilla la lèvre inférieure, dans son anticipation, et sentit le goût métallique du sang. Allez !

Il arriva à la proue et s'agenouilla. Le démonte-pneu brandi dans la main droite, il enfonça l'interrupteur de la torche électrique de la gauche. Elle ne s'alluma pas. Il cogna la poignée contre le bateau et une pâle lueur jaune vacilla puis mourut. Il cogna de nouveau, puis se rendit compte qu'il y avait quelqu'un là, qui était maintenant réveillé. Et que si le type avait été armé, lui-même serait mort. Avait-il oublié tout ce qu'il avait appris, bon Dieu ? Avec un juron, il dévissa la poignée, en sortit les piles, les réarrangea, souffla sur les grains de sable qu'il pouvait sentir dans le pas de vis. Essaya de nouveau. Mieux, assez bien pour voir qu'il n'y avait personne sous la barque, et qu'il n'y avait eu personne. Il retourna à sa camionnette en se demandant ce qu'il avait oublié d'autre.

Il conduisit de nouveau vers le nord. Les deux autres barques étaient échouées côte à côte, les rebords si profondément enfoncés dans le sable qu'ils offraient peu d'abri. Il dirigea sur elles les phares du 4x4, en allumant en plus les phares de route pour être bien sûr que les deux embarcations étaient vides, puis il arrêta la camionnette et sauta à terre pour confirmer.

Il était à mi-chemin sur la plage, à présent, plus près du village que du port. Peut-être avait-il mal compris le courriel. Ou peut-être Kettering s'était-il vanté en disant à son copain qu'il dormait sur la plage… Puis il le vit. Entre le 4x4 et les vagues. Il fixa l'obscurité pour affiner sa vision nocturne. Le type titubait. Saoul, peut-être. En se chantonnant quelque chose, fort. Un bâtard efflanqué. Il portait sa casquette orange haute, à l'envers, et ses pouces étaient glissés dans les lanières de son sac à dos. Sa barbiche remuait avec sa bouche tandis qu'il traçait un méandreux chemin d'ivrogne sur la plage, en criant « Hou-houuuu ! » chaque fois qu'une vague lui trempait les sandales.

« Hou-houuuu, va te faire enculer, Snake », marmonna Doran. Il sauta dans le camion, le fit démarrer, alluma les phares de route, passa brutalement en première et se mit à rouler. Kettering ne leva pas les yeux avant que Doran soit sur lui. Il ne bougea pas. Il resta là, aussi stupide que Doran savait qu'il l'était, gelé sur place comme Doran savait que le dégonflard le serait au combat. Sans ses copains autour. Sans une femme à battre et à violer et à laisser là où les animaux la déchiquetteraient.

Ce qui arriva ensuite était une pure impulsion. L'impact ne fut pas aussi bruyant ni aussi définitif que Doran l'avait espéré. Il aurait voulu un bruit aussi explosif que sa victoire, un point d'exclamation fracassant à la fin d'une phrase qui avait duré trop longtemps. Mais la brise douce et le déferlement insistant des vagues avalaient tous les sons. Ce ne fut qu'après avoir traîné la forme molle jusqu'à sa cabane à frites qu'il constata que Kettering était mort. Non que cela eût de l'importance. Ce cadavre ne serait pas son billet de retour chez lui – pas sans une confession. Mais Donna Logan avait été vengée.

◆

Terry se réveilla dans le brouillard. La première chose qu'il vit par la porte de la chambre, ce fut une bouteille vide de vodka Absolut sur la table, dans l'autre pièce, baignée de lumière bleutée comme la Vierge de l'église locale. L'angle du soleil disait qu'il devait être plus de sept heures du matin. Doran avait quelque chose d'urgent au programme pour la journée mais ne se sentait pas pressé de se rappeler quoi. C'était à ça que servait le café costaricain – vous démarrer le cœur, et le cerveau suivait. Il se leva en s'appuyant sur la commode, attendant un accès de vertige qui ne vint pas. Il portait les habits de la veille et ne pouvait se rappeler être venu se coucher.

Il se rendit compte que c'était un bruit qui l'avait réveillé, un bruit qui avait cessé à présent, comme s'il n'avait été audible que dans son absence. Pas étonnant, avec le bon sang de vacarme matinal à son maximum. Sur la terrasse, des singes hurleurs se disputaient le territoire des arbres, un toucan criait en retour, et des macaws filaient partout en couples frénétiques, étourdissants. Des oiseaux bruns, modestes, aux chants plus bruyants que nécessaire, se construisaient des condos dans le palmier mort. Ce devait avoir été Rita qui cognait à la porte, à en juger par l'enveloppe de Canopy Tours glissée sous la porte. Doran se passa la main sur la figure, la tirant dans tous les sens comme si ç'avait été un masque en caoutchouc, se frotta les yeux et ouvrit l'enveloppe avec son pouce :

Hey, Terry. Ça fait un bail, mon vieux. Super d'avoir de tes nouvelles, surtout à ce moment de l'année où on compte les bienfaits dont on bénéficie même si on les oublie le reste du temps. Marta te dit bonjour et promet qu'elle t'enverra un article qu'elle a découpé sur les raisons pour lesquelles les frites du Chalet Suisse sont tellement bonnes, si elle le retrouve. Elle pense que c'est à cause du lard. Emma aussi dit bonjour, ou elle le ferait si elle le pouvait – elle n'a que onze mois et elle est bâtie comme une surfeuse, alors fais gaffe, "Oncle Terry", elle sera devant chez toi dans vingt ans et demandera à squatter ton divan. Elle pourrait être accompagnée par quelqu'un que nous appelons "la Bosse", un petit gars ou une petite fille – on ne veut pas le savoir – qui habitera dans le ventre de Maman jusqu'au début de mai. Qui l'aurait cru, hein, Sergent ? Une dynastie de Bidalki. Si c'est un gars, je menace de l'appeler Terry. C'est un diminutif pour quelque chose ?

Le boulot est OK. Oui, Müller est toujours dans le coin, il lèche tout le monde pour être nommé chef de division avant la retraite, pour augmenter sa pension. Il me lèche aussi, je pense, puisque j'ai été nommé sergent – il n'y en a plus que cinq dans la région –, je suis même maintenant l'un des deux seuls sergent-détective. Je lui ai souhaité Joyeux Noël, comme tu disais, mais il est rancunier, je suppose. Pose pas de questions !

On dit que ça pourrait être un Noël blanc par ici, mais personne ne parie là-dessus. J'espère, pour la gamine. Et pour ta chienne, que Marta a renommée Harriett, et qui adore la neige et les gosses. Tu n'as plus à te soucier de tous ces machins rasoir, je suppose, les mômes, les chiens ou la neige.

J'étais sûr de t'avoir écrit à propos des autres trucs, mais peut-être pas. On a été occupés. Kettering a été arrêté dans une piaule de crack, en ville, en juin dernier, tellement défoncé qu'il a confessé tout de suite avoir tué Donna Logan. Tu avais donc raison ! Il a eu la prison à vie à Kingston, sans caution possible avant au moins vingt ans. J'espère que ça met un point final à tout ça pour toi, comme on dit. Et qu'est-ce que tu as vu qui ferait de nous des héros ? De la publicité, je prendrais, et une augmentation, avec tous ces mômes dans les parages. Allez, Joyeux Noël et Bonne Année à vous tous, les gars qui êtes au paradis, de la part de nous tous qui sommes emprisonnés ici dans le pays du nord.

Steve.

Parution originale : « Prisoner in Paradise », *Ellery Queen Mystery Magazine*, 2009.

À PROPOS DES AUTEURS

Il signe ses romans policiers Matt Hughes, ses romans de fantasy et de science-fiction Matthew Hughes, et ses livres *media-related* Hugh Matthews. Ses nouvelles policières ont paru dans *Blue Murder, Alfred Hitchcock's Mystery Magazine, Storyteller* et dans plusieurs anthologies. Ancien vice-président de l'association des Crime Writers of Canada pour la côte ouest, il a été directeur de la Fédération des Écrivains de Colombie-Britannique.

Mary Jane Maffini, une indomptable bibliothécaire, est l'ancienne copropriétaire de la librairie Prime Crime Mystery, à Ottawa. Ses nouvelles ont été publiées dans *Chatelaine, Ellery Queen's Mystery Magazine, Storyteller*. Elle a été présidente de l'association des Crime Writers of Canada et son dernier roman, quatrième de la série « Charlotte Adams », s'intitule *Closet Confidential* (2010).

Pasha Malla est l'auteur du recueil de nouvelles *The Withdrawal Method*, qui a remporté le Trillium Book Award et le Danuta Gleed Literary Award, et du recueil de poèmes *All Our Grandfathers Are Ghosts*.

Rick Mofina a grandi à Belleville, en Ontario. Il est l'auteur de plusieurs romans policiers et de nouvelles du même genre. Sa carrière de journaliste a commencé au *Toronto Star* et elle couvre pas moins de trois décennies, incluant des postes au *Calgary Herald*, au *Ottawa Citizen* et au service des nouvelles de Canwest News. Rick Mofina, qui vit à Ottawa avec sa femme et leurs deux enfants, a gagné le prix Arthur-Ellis 2003 avec son roman *Blood of Other*. Son dernier titre paru s'intitule *The Panic Zone* (2010). On peut visiter son site à www.rickmofina.com.

Dennis Richard Murphy, réalisateur bien connu de films documentaires pour des chaînes comme Discovery, The History Television et The National Geographic, a commencé à publier des nouvelles au tournant du siècle dans Ellery Queen's, Alfred Hitchcock's Mystery Magazine et plusieurs anthologies. Il a été cinq fois finaliste au prix Arthur-Ellis et son premier roman, Darkness at the Break of Noon, est paru en 2009 chez HarperCollins à titre posthume puisque Dennis Richard Murphy est décédé en juin 2008.

Né à Toronto en 1932, James Powell a publié plus de cent trente nouvelles de mystère et d'humour depuis 1967 (ces textes ont été publiés dans Ellery Queen's Mystery Magazine et Playboy, entre autres, et sont régulièrement anthologisés dans The Best Detective Stories of the Year et The Year's Best Fantasy and Horror.

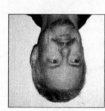

Peter Robinson, né en Angleterre dans le Yorkshire, vit à Toronto depuis de nombreuses années. Il est l'auteur de près d'une vingtaine de romans policiers ayant pour héros l'inspecteur Alan Banks. Ses ouvrages ont été traduits en douze langues. In A Dry Season (Saison sèche) a gagné le Grand Prix de la littérature policière en France et le prix Martin Beck en Suède. Son plus récent roman s'intitule Bad Boy (2010).

Ses deux premiers romans, The Carpet King et Water Damage, ont été finalistes dans la catégorie « Crime Fiction » du prix de la ville de Toronto, mais aussi au prix Arthur-Ellis. En 1997, il publiait Kondor, un thriller international, puis The Internet Bride (2000). Musicien passionné, Gregory Ward joue au sein de plusieurs groupes de jazz, mais surtout avec l'orchestre du Northumberland Symphony, au sein duquel il est hautboïste principal.

Née en 1961 à Weston (Ontario), Leslie Watts a grandi à Toronto. Après un baccalauréat en psychologie à l'Université York (1984), elle a vécu un an en Italie, où elle a écrit, mais aussi monté un portfolio d'illustrations ; elle a depuis illustré plusieurs livres pour enfants, dont trois des siens. En 1991, The Chocolate Box a été mis en nomination dans la catégorie « Meilleur premier roman » pour les prix Anthony et Arthur-Ellis. Leslie Watts, qui a également écrit des épisodes de la série The Eleventh Hour (CTV), vit à Stratford (Ontario), avec sa fille, son fils et de nombreux animaux.

VOUS VOULEZ LIRE DES EXTRAITS
DE TOUS LES LIVRES PUBLIÉS AUX ÉDITIONS ALIRE ?
VENEZ VISITER NOTRE DEMEURE VIRTUELLE !

w w w . a l i r e . c o m

LES PRIX ARTHUR-ELLIS -2
est le cent cinquante-neuvième titre publié
par Les Éditions Alire inc.

Il a été achevé d'imprimer
en septembre 2010 sur les presses de

Imprimé au Canada par
Transcontinental Métrolitho

Imprimé sur Rolland Enviro 100, contenant
100% de fibres recyclées postconsommation,
certifié Éco-Logo, Procédé sans chlore, FSC
Recyclé et fabriqué à partir d'énergie biogaz